寂庵コレクション Vol.1

くすりになることば

瀬戸内寂聴

光文社

寂聴さん×藤子不二雄Ⓐさん
スペシャル対談

幸せな死に方

夜、ひとりのとき急にお迎えが来たら
どうしたらいいかなって、少し心配。
とはいえ、まだ死にそうもないんです。
困っちゃう。

1日1日面白くいこうと思っています。
〝小さな祭り〟といっているんですけど、
ちょっとしたことでも自分で盛り上げて
死ぬまで元気にやっていくつもりです。

2019年秋、京都・嵯峨野の寂庵を、漫画家の藤子不二雄Ⓐさんが訪れました。寂聴さんも藤子さんも、大正から昭和、平成、令和と、いくつもの時代を超えて、愛され注目され続ける存在です。お二人は、意外なことに今回が初対面。97歳と85歳の天才同士が出会うと、どんなお話が飛び出すのでしょうか。

終戦のころの思い出

瀬戸内寂聴（以下、寂聴）　藤子さんはお寺の住職のご長男として生まれられたそうですね。

藤子不二雄Ⓐ（以下、藤子）　ええ。富山の光禅寺という700年続いた曹洞宗のお寺で、父が49代目の住職でした。それまでは妻帯を許されておらず、父が初めて結婚し、生まれた長男が僕だったんです。当然、将来は修行をしてその寺の住職になるはずだったのですが、小学5年生のとき——戦争中でしたが、父が法事先で亡くなったんです。立ち上がった際に釣鐘に頭を打って即死したんですよ。朝、元気で出かけたのに、戸板に載せられて死んで帰ってきたから、びっくり仰天でした。由緒ある大きな寺ですから、新しい住職が本山から来てね。残された僕たちは寺を出なくてはいけなくて、（富山県の）高岡に住む叔父を頼って引っ越しました。ひとつ面白いなと思うのは、転校先のクラスに藤本氏（藤子・F・不二雄）[*1]がいたこと。つまり、父が死ななかったら僕は絶対に漫画家にはなっていなかったし、藤本君もおそらく僕に会っていなかったら漫画家になっていなかったと思う。不思議な人生の節目です。寂聴さんはご実家が仏壇店だったとか？

寂聴　うちは神仏具商で、神棚や仏壇をお坊さんや神主さんに売っていたんです。姉がひとりいて、家業を継ぎました。この姉も文才があって、和歌の本を2冊出しているんですよ。藤子さんは子ども時代に住職のお父さんに教わったことはありましたか。

藤子　いや、何もないですね。僕は父の晩年の子どもで、会話した記憶がほとんどない。ただ、戦時中で紙がほとんどない時期にお布施の紙をたくさんくれて、それに絵を描いた記憶があります。

寂聴　藤子さん、いまも素敵だけど、小さいときは可愛らしかったでしょうね。

藤子　とにかくチビでね。小学校に入学して、級長が「起立」と言うから立つんだけど、担任の先生が「藤子、なんでお前立っていないんだ？」と言うわけ。「僕、立っています！」と返すと、みんながワーッて笑う（笑）。

＊1…1933年、富山県生まれ。本名は藤本弘。安孫子素雄（藤子不二雄Ⓐ）とともに「藤子不二雄」としてコンビを組み、『オバケのQ太郎』などの大人気作品を発表。『パーマン』『ドラえもん』などヒット作をのちに生み出す。87年、コンビを解消。96年没。

もうくやしくてね。だからいじけていて、いじめられっ子でした。

寂聴　お経は覚えました？

藤子　なんとなく耳に入っていたかな。いまも朝は必ず仏壇に手を合わせて、お経の真似事みたいなのを唱えてはいます。そうすると、なんだか心が……。

寂聴　落ち着く。

藤子　ええ、すごく休まりますよね。

寂聴　ほかにお寺の生まれでよかったことは？

藤子　僕は人と争うことが大嫌いなんですよ。なんかまずいことがあると、喧嘩しないで自分から逃げる。それはやはりお寺に生まれたからかなと。食事が完全な精進料理だったもので、闘争本能が起こりませんから。アメリカ人は肉ばかり食っているからすぐ喧嘩とか戦争を始めたりするんですよ(笑)。

寂聴　それで身体もお丈夫なの？

藤子　ええ。ときには夜に銀座、六本木を経由してそのまま朝ゴルフに出かけるような無茶苦茶な生活をしてきたけれど、いまだに元気なのは食事が大きかったと思います。寂聴さんは子ども時代の食事で思い出はありますか。

寂聴 母がまったく食事に関する教養がなく、「食べたくない」と言うと、「あそう？」と言って食べさせないもんだから、非常に偏食でした。豆だけ食べていた。おかげで体がとても弱くて、滲出性のおできができて、汚い子だったんですよ。それで20歳のときに、新聞に掲載されていた断食の広告を見て、東京の女子大から大阪の断食道場へ行って完全断食したんです。

藤子 何日間くらいですか？

寂聴 20日ちょっと。断食自体は5日くらいで辛くなくなるけれど、元の生活に戻るほうが大変でした。餓鬼になるというか。人がご飯なんか食べていると、もう殺してやりたくなって（笑）。断食後は数日、添加物や砂糖を食べてはいけないとかいう決まりがあって、それをずっと守ったんです。本当に骨に皮がついたような姿になりました。でもこの完全断食のおかげで体がすっかり変わって、丈夫になりましたね。実は婚約した相手が、支那古代音楽史を学ぶ学者の卵で、お金がないだろうから「病気したら悪い」と思ってやったのです。感激されました。でも結婚してだんだん太ったから、「見合い写真は嘘だったのか！」なんて怒っていたけど。いまもちょっと具合が悪いとすぐ断食するんです。そうするとすぐ治るから。頭も断食のおかげでよくなったんじゃないかな？（笑）

藤子　わかります。あまり食べると頭が詰まるというかね。終戦のころは何をされていましたか。

寂聴　私はもう結婚していました。戦時中は東京女子大学の学生で、昭和18（1943）年9月に繰り上げ卒業させられたんです。21歳でね。すでにそのときさっきの学者の卵と結婚していて、彼が外務省の留学生として北京に暮らしていたので、私も10月には北京に渡りました。そして女の子を産んだのですが、30歳を超えている夫がまさかの招集をされて……。

藤子　それは大変なことでしたね。

寂聴　しかもどこに出征したかわからなくて。私、実はお金を持っていたんですよ。母が「もしものときに売りなさい」と着物を行李にいくつも持たせてくれていたので、それを売ったらえらいお金になりまして。

藤子　それは中国のお金で？

寂聴　ええ。中国人が買うんです。そのお金は隠していたけれど、もうちょっと稼がないといけないから就職しようと思ってね。でも20歳過ぎの日本人の女なんか、どこも雇ってくれないんですよ。「女子大卒」と履歴書に書いたら却ってよくなかったみたいで、「女学校出」と書き直してやっと日本人の営む運送屋さんに就職できました。出勤初日は店番を任されたんだけど、来る電話来る電話、「お宅に預けた荷物、発送しないでくれ」と言われて。だからこの店は潰れるんじゃないかと不安になりました。それで昼休みに店の主人に呼ばれて、従業員十人くらいで主人の住まいに集まったら、ラジオから玉音放送が流れたんです。きいきいした声が何を言ってるかわからない。主人が「戦争に負けた」とおいおい泣き出して、びっくりしました。あとから考えたら終戦間近いとわかっていた人たちが「預けている荷を発送しないでほしい」と連絡してきたのですね。とにかく、それで店を飛び出して、家に帰って赤ん坊を抱きしめました。半日働いたのに、給料ももらわずに。

藤子 半日じゃくれませんよ(笑)。

寂聴 そのあとは怖いから、押し入れに入ってじっとしていました。そのときが一番怖かったんじゃないかな。だから終戦は北京で迎えたんです。日本がどんなふうになっているか、まったく知らなかった。内地から手紙も何も来ないから、母が防空壕で死んだことも知らなくて……。赤ん坊を抱えてちょっと苦労しました。

藤子 寂聴さんの家族に対する周りの中国人の態度は?

寂聴 夫は中国語がよくできて、中国人と仲良くしていたから、まったくいじめられませんでしたよ。中国では「アマ」というお手伝いさんを雇うのが一般的なんですが、うちに来ていたアマさんは70歳くらいのおばあちゃんで、「自分は役に立たないから」と代わりに16歳の孫をよこして、その子が子守とかしてくれました。

藤子 それは素敵ですね。

寂聴 一方で、日本人が中国人をいじめているのを見ていますから。白米を食べるのは日本人で、中国人は高粱（モロコシ）みたいなものを食べていた。ひどかったですよ。

藤子 いつ、日本に引き揚げたのですか。

寂聴 終戦の翌年だから、昭和21年。終戦後、夫は戦地から帰りましたけれど、「このまま中国に残りたい」と言うので、同じような帰りたくない日本人たちと一緒にこっそり街の隅に集って隠れていたんです。そこには土地や家屋を持っていてそれを置いていくのが嫌だという大金持ちもいれば、帰る費用もない貧乏人がいて、私の夫のように、学者でどうしても残って研究した

いという人もいました。でも、ある日、見つかってしまって、トラックに強制的に乗せられたんです。貨物廠というところで船を待っていた。でもアメリカは「日本人はすべて帰国した」と思っていたから、なかなか船が来なくて。仕方がないから貨物廠の中にゴザを敷いて過ごして。そのうち誰かの赤ん坊なんかが死んで……。そういうちょっと怖い思いをしました。私たちの前に日本に引き揚げた人たちがたくさんいて、その人たちの船に乗せられなかった荷物の大山が、いくつもできていました。帰る支度も出来ない貧乏な人たちが、その山の中からめぼしいものを取っていくんです。

藤子　たくましいですね。

寂聴　洋服なんか洗って着たりして。お金持ちが手にしたものは最終的にはお金持ちの役には立たず、貧乏な人たちの役に立ったんです。うまくできていますよね。

藤子　そういうのを後で小説に書かれたことはありますか。

寂聴　書きました。とにかくいろんなことがありましたね。最後の引き揚げだったので、無事に着くかどうかもわからなかった。だから、引き揚げ船から遠くに九州の山が見えたとき、やっぱり涙が出ましたよね。ようやく帰ってきたんだと思って。

藤子　日本の状態はどうでしたか。

寂聴　びっくりしました。汽車の窓はぜんぶ割れていたし、どこもひどかった。街を行くと割烹着を着たおばさんたちが引き揚げ者に対して水やお茶をくれるんです。藤子さんは終戦の記憶、どうでしたか。

藤子　終戦前は高岡にいたのですが、富山にも空襲が来るというので、下新川郡という田舎の庵主さんのところに一家で縁故疎開したんです。その庵主さんが非常に尊敬されている方だったので、普通は街から来るといじめられるんだけど、まったくいじめられなかった。

寂聴　それはよかったですね。

藤子　ただ、終戦間近になると、B-29が富山まで空襲にくるんですよ。ところが日本の戦闘機は一機も迎撃に出ない。小学5年生で、「日本は負けて、僕たちは死ぬ」と初めて死を意識しました。学校も朝、日の丸と「米兵撃滅」と書いてあるハチマキをして、竹槍を持って、柔道着の帯を巻きつけた大きな棍棒に向かって何十回と「米兵撃滅！」とぶつからないと入れてくれないんです。機関銃の相手に子どもの竹槍で応戦できるわけがないし、これでは勝てないと内心思っていました。だから終戦を告げる玉音放送が流れたとき、僕は「よかった。これから生きられるんだ！」と嬉しかった記憶があります。

寂聴　本当、そう思った子どもは多かったかもしれませんね。

二畳から始まった青春

藤子　寂聴さんは東京に来られたときに八畳の部屋にいたと書かれていましたね。僕が藤本氏と高岡から東京へ来たときは、両国の遠い親戚の時計屋さんの下宿で、二畳でした。

寂聴　八畳の部屋は売れだしてから。私も最初は二畳ですよ。

藤子　でも、寂聴さんはおひとりでしょう。僕らはふたりで二畳。

寂聴　ひとり一畳（笑）。

藤子　机に向かうと壁が背中にあたる。寝るときは机を廊下に出して、布団を敷いて寝ました。僕はチビだけど、藤本氏は背が高いから頭が壁にあたってね。そうしたら手塚治虫先生[*2]が、「トキワ荘」という椎名町のアパートに住んでいたんだけど、「ここを出るから、君ら後に入らないか」と言ってくださって。四畳半なんですよ。飛び上がって喜んだんだけど、敷金が3万円、家賃は3千円という。3万円なんて大金持っていないし、金がないというのも恥ずかしいので、「両国は1年の契約なので、まだ出られません」と断りました。すると手塚先生が「もし敷金の心配をし

＊2…1928年、大阪府生まれ。大阪帝国大学を卒業、医師免許取得。のち医学博士。1946年に漫画家デビュー。代表作に『鉄腕アトム』『ジャングル大帝』『リボンの騎士』『ブラック・ジャック』『三つ目がとおる』『ブッダ』『火の鳥』など。1989年の死去まで第一線で作品を発表し、「マンガの神様」と称された。

ているなら、置いておくから入らないか」と。それで入ったんです。二畳から四畳半に来たら、こんなに広いものかと思ってね。初めから四畳半にいたら狭いと思うんだろうけど、二畳にいて四畳半に行くと、自分がいかにも出世したという気持ちになった。人間は初めからいいところに行くのではなく、下からどんどん上がった方が幸福感を得られると学びました（笑）。寂聴さんの最初の二畳はどんなお部屋だったんですか。

寂聴　京都に出てきたばかりのとき。まだ小説を書いていない、人生でいちばんどん底時代。部屋が2階で、ちいちゃな廊下の向こうに、「パンパン」[*3]っていまは言わないけど、アメリカの黒人が通わせている女がいました。洗面所でその黒人をバッと見たら大きくて怖かったですよ。藤子さんは子どものころから漫画家になろうと決めていらっしゃったんですか。

藤子　いや、どちらかというと文学少年で、志賀直哉とか正宗白鳥とか小説ばかり読んでいました。映画も大好きで、のべつ見てました。当時『宮本武蔵』[*4]という映画が評判で、片岡千恵蔵[*5]が二刀流の名人、宮本武蔵をやるんですが、敵役に宍戸梅軒という鎖鎌の達人と対決する。月形龍之介[*6]の演じる宍戸梅軒もカッコよく大人気でした。僕が学校へ行くとき、いじめっ子が宍戸梅軒きどりで鎌に分銅をつけて「やってやろうか！」と迫ってくるんです。それがコワくて、登校拒否児童になりかけました

＊3…第二次世界大戦後の混乱期の日本で主として在日米軍将兵を相手にした街娼を指す。これに対し特定の相手と愛人契約を結んで売春関係にあったものは「オンリー」と呼ばれた。

＊4…吉川英治の新聞小説『宮本武蔵』の映画化。片岡千恵蔵が主演したのは、1937～42年に日活が手掛けた宮本武蔵シリーズなど、7作品がある。

＊5…1903年、群馬県生まれ。戦前・戦後期にわたって活躍した時代劇スターで、出演作品は300本以上。代表作に『國士無双』『赤西蠣太』『多羅尾伴内』シリーズ、『金田一耕助』シリーズ、『大菩薩峠』『十三人の刺客』など。1983年没。

＊6…1902年、宮城県

(笑)。そういう恐怖の記憶が、『笑ゥせぇるすまん』[*7]のような人間の暗い面を強調した作品に結びついたんだろうと思うんですけどね。僕が漫画家になろうと思ったのは、やはり手塚先生の漫画なんです。いまでも忘れない、昭和22(1947)年——戦後4年も経っていないのに、表紙に「SHINTAKARAJIMA」とローマ字で書かれた漫画本[*8]が出たんです。それはもう、書店でバーッて光っているように見えた。これはすごい！　というんで、買って読んだんだけど、手塚先生の映画みたいなコマ割りに大感激しちゃったんですね。石ノ森章太郎氏も宮城で、赤塚不二夫氏は新潟、松本零士氏は九州でこの漫画を見て、漫画家になった。『ゴルゴ13』を描いたさいとう・たかを氏[*9]もね。そんな記念碑みたいな作品なんです。

寂聴　やはり手塚治虫という人はすごいんですね。……藤子さんの生まれた富山っていいところね。どの家も立派。

藤子　持ち家率が日本一なんです。

寂聴　庭も広くてね。それから教育に熱心。

藤子　そうなんです。だから漫画家なんか富山では僕たちが初めてで。通っていた高岡中学・高校は東大現役合格者数の全国順位が10位圏内でね。そういう学校で漫画を描いているなんてありえなくて、隠れキリシタンみ

生まれ。戦前・戦後期にわたって活躍した時代劇スター。戦後の当たり役は水戸光圀公で、14本のシリーズ作品がある。生涯の映画出演作は500本以上。代表作に『江戸怪賊伝 影法師』『斬人斬馬剣』『水戸黄門漫遊記』シリーズなど。1970年没。

＊7…藤子不二雄Ⓐによるブラックユーモア漫画作品。1968年、読み切り作品『黒イせぇるすまん』として登場。謎のセールスマン「喪黒福造」が現代人のちょっとした願望を叶えるが、約束をやぶったり忠告を聞き入れなかったりする場合は破滅を与えるという、一話完結のオムニバス。1989年にテレビアニメ化され、大ヒットした。

＊8…1947年1月30

寂聴 たいでしたよ（笑）。

藤子 あらら、面白い。

寂聴 寂聴さんは子どものころから小説家を目指していたんですか。
小学校の頃からつづり方が上手でよくほめられましたから、ひそかに小説家になりたいと思ってはいたけれど、夢みたいなものでした。でも、結婚していた家を飛び出すときに理由がいるから、「小説家になる！」とかいい加減なことを言いました（笑）。

藤子 いやでも本当に小説家におなりになったから。しかも自分の体験を糧にして書き続けていらっしゃって……。僕、昔、芥川賞作家の柏原兵三さん[*10]の『長い道』という小説を読んで感動しましてね。柏原さんは僕と同じ世代で、東京から富山へ疎開したんだけど、そこでよそ者として相当過酷ないじめを受けたんです。『長い道』はその体験がもとになっている。初めて読んだときに、「これは僕の物語だ！」と思って、これを漫画にしようと。そのころ編集長に連載を頼まれて、「1本描きたいものはあるけれど、絶対これはウケない」と言ったわけ。でもその編集長がえらい人で、「ぜひやってください」と。『長い道』は昭和19（1944）年から終戦までの1年間の物語だから、1年で連載完結ということで『少年時代』[*11]として昭和53（1978）年にスタートしました。それで、

日に発行された、手塚治虫の長編デビュー漫画『新寶島』のこと。初版のみハードカバー。その後、改訂版など数回再販されている。

＊9…1936年、和歌山県生まれ。手塚治虫の『新寶島』を見て「紙で映画がつくれる！」と衝撃を受けた。1956年、漫画に専念するため家業の理髪店をやめる。1967年、時代劇アクション劇画『無用ノ介』でヒット。代表作に『ゴルゴ13』『仕掛人・藤枝梅安』シリーズ、『鬼平犯科帳』シリーズなど。

＊10…1933年、千葉県生まれ。東京大学文学部独文科を卒業、同大学大学院博士課程中退。1963年、ベルリンに留学。1965年に帰国し、ドイツ人文学者としてフランツ・カフカ

普通は連載を描くと必ずファンレターが来るのに、ひと月経ってもふた月経っても1通も来ないんですよ（笑）。でも編集長は「1年の約束だから続けてください」と励ましてくれたので、頑張って続けました。最終回は、終戦を迎え、東京から疎開していた進一が帰京することになり、いじめていたタケシが駅まで追っかけてきて、「しんいちー！」と呼ぶ。小説のラストとは違うんですが、そういうラストを描いたら、山のように手紙が来たんです。「漫画を読んで初めて泣きました」とかね。ああ、続けてよかったなと。

寂聴　それは感激しますね。

藤子　その後僕はこの作品で映画を撮ろうと思って、同名の映画をつくったんです。平成2（1990）年のことです。主題歌は井上陽水氏です。陽水氏とは遊び仲間だったんです。映画全盛時代の『第三の男』*12や『禁じられた遊び』*13なんかはテーマ曲があって、そのテーマ曲を聞くだけで映像が浮かんだものです。でも当時の映画は伴奏音楽になってしまっていたので、陽水氏にこの映画にふさわしい歌をつくってほしいと頼んだんです。すると、「藤子さんが詩を書いたら、曲をつくる」と返事があった。僕は自分のアニメ作品の主題歌の詩はほとんど自分で書いている。「オバQ音頭」*14なんて400万枚も売れて、美空ひばりと一緒に表彰さ

の翻訳などを行う。1968年、『徳山道助の帰郷』で芥川賞受賞。1972年没。享年40。『長い道』は柏原兵三が芥川賞受賞後の1969年に発表した作品。1989年に中公文庫。

*11…1978〜79年まで『週刊少年マガジン』に掲載された藤子不二雄Ⓐによる漫画。1990年に篠田正浩監督、山田太一脚本で映画化され、日本アカデミー賞を受賞した。

*12…1952年公開のイギリス映画。第二次世界大戦直後のウィーンを舞台にしたフィルム・ノワール。音楽はアントン・カラスによるツィター演奏。監督はキャロル・リード、主演はジョゼフ・コットン、オーソン・ウェルズ。

れたこともあったんですよ（笑）。それで詩を書いて送ったんだけど、待てども待てども曲が来ない。やっとある日の夜半過ぎに電話がかかってきて、「できたから来てくれ」と言われてスタジオに飛んでいったら、「♪夏が過ぎ風あざみ」という名曲ができあがっていた。まさに僕のイメージどおり。ただ、僕の詩はまったく使われていなかった(笑)。

寂聴　あらあら、残念でしたね。

藤子　でも、そういうのも含めて人の縁というのは大事ですね。寂聴さんも人との出会いが大事だということをいろんなところに書かれていますが、この世に生まれ、それまでまったく知らない人と今日も出会い、明日も出会い、そうやって縁が繋がって、自分に戻ってくるというね。漫画家の仕事って、漫画編集者とアシスタントとつきあっていれば、それで万事解決するところがある。僕はそういうのは嫌いで、新聞記者をやっていたせいなのか、漫画家になってからも仕事と関係ない人たちと大勢つきあっていたんです。吉行淳之介[*15]さんにも、おつきあいさせてもらいました。

寂聴　吉行さんは本当にいい男でしたね。どちらで出会ったの？

藤子　漫画家の福地泡介[*16]氏の紹介です。ある日福地さんに麻雀に誘われて、「あとのふたりは誰？」と訊いたら、「吉行淳之介さんと阿川弘之さん」

＊13…１９５３年に公開されたフランス映画。戦争で孤児となった5歳の少女を主人公に反戦を描く。ナルシソ・イエペスによるギター演奏の主題曲が有名。監督はルネ・クレマン。アカデミー賞名誉賞（のちの外国語映画賞）を受賞。

＊14…１９６６年にリリースされ、ミリオンセラーに（レコードだけで２００万枚以上、ソノシートもあった）。藤子不二雄Ⓐが作詞を担当。

＊15…１９２４年、岡山県生まれ。東京帝国大学を除籍。１９５４年に『驟雨』で芥川賞を受賞し、作家生活に入る。代表作に長編『砂の上の植物群』『暗室』『夕暮まで』、短篇『鞄の中身』、随筆『軽薄のすすめ』など。

と(笑)。僕は文学少年だったから、ものすごく嬉しくて。当時赤坂に「乃なみ」という3階建ての旅館があって、実はお客なんて一人も泊っていなくて、スターとか芸能人とか表立って雀荘に行けないような人が集まって朝から晩まで麻雀やっていた。そこで吉行さんと阿川さんや、近藤啓太郎さん、色川武大さんと出会って。文豪のサロンという感じで。

寂聴 私も吉行さん、大好きでした。もう手が綺麗でね。本当にいい男で、優しくて。

藤子 男も惚れる。格好がいいんですよね。当時、吉行さんは宮城まり子[*17]さんと一緒になったばかりでね。麻雀が終わるとだいたい夜中の3時くらいになるんだけど、「途中まで乗っていけ」と愛車のルノーに乗せてくれるんです。僕は生田に住んでいたので。世田谷通りの交差点まで来ると、「ここからはタクシーで帰りなさい」と降ろされて。それでタクシーを探していると、吉行さんが交差点の公衆電話で誰かに電話している。それでルノーに乗って、又東京に戻っていくわけ。要するに宮城さんのところに電話したけど、不在だったのか出なかったのか、東京へ帰っていったんです。次に会ったときに「吉行さん、見てたよ」と言ったら、苦笑しながら「見てたか。誰にも言うなよ」と(笑)。

寂聴 まりちゃんに本当に惚れていたのよね。ふたりでいられる時間をつくる

1994年没。

＊16…1937年、岐阜県生まれ。1965年の『ドボン氏』で注目される。その後は主に新聞漫画、4コマ漫画で活躍。趣味は麻雀で、関連書籍も残した。漫画の代表作に日本経済新聞連載の「ドーモ君」、読売新聞連載の「OH!! ミスター」など。1995年没。

＊17…1927年、東京生まれ。1950年、テイチクから「なやましブギ」でデビュー。「毒消しゃいらんかね」「ガード下の靴みがき」「納豆うりの唄」などヒットを連発。労音ミュージカル「泥の中のルビー」など女優としても活躍。1968年、社会福祉施設「ねむの木学園」を設立。1979年、「ねむの木養護学校」を設立。また、作家・吉行淳之介のミ

ユーズとしても知られ、彼の死まで事実上のパートナーだった。

ために、吉行さんは自動車免許を取ったんです。私はふたりと仲がいいから、ふたりから話をいろいろ聞いたんだけど、まりちゃんは寂しくなると「吉行さん、帰らないの」と電話をかけてくるの。「大丈夫よ。どうせ麻雀よ。夜通し麻雀できるということは健康なのね。いいよね」と言うと、「きっとそうね」って。でも吉行さん、違う女のところにも行っているでしょう?

藤子 さあ、それは知りませんけど(笑)。

寂聴 でも、本当にいい人でした。

藤子 楽しいというか。会っていると嬉しくなっちゃう。

寂聴 阿川弘之さんはどうでした?

藤子 阿川さんは近寄りがたくて、ほとんど喋れませんでした。当時は「瞬間湯沸かし器」なんて言われていました。

寂聴 すぐ怒るのよ。

藤子 麻雀をやっていても、冗談も言わない。ブスッとしていて怖くてね。でもあるとき、吉行さんと僕とで阿川さんのご自宅に麻雀をしに伺ったんですが、正面から阿川さんが歩いて来たんです。吉行さんが「お前、どこ行ってたんだ?」と尋ねると、「藤子さんは偏食だから、バナナを買ってきた」と。それで吉行さんがおどろいて、「阿川が人のためにバナナナを買ってくるなんて珍しい。よくよく好かれているぞ。お前はオヤジ殺しだ」と言われました（笑）。

寂聴　いい話ね。あの人たち、みんな面白かった。

藤子　本当に素敵で、チャーミングな先生方でした。

捨てるか、残すか

藤子　ものを捨てることが世間で流行っているでしょう？　ちょっと何でもかんでも捨てすぎのような気もするけれど、寂聴さんは捨てるほうですか、それとも残すほうですか。

寂聴　出家するときに着るものやこれはと思うものはぜんぶ人にあげて、裸一貫になって出家しました。いま思うと「ああ、惜しいな」と思うけれど、そのときは興奮しているから、ちっとも惜しくなかった。

藤子　潔いですね。ご本を読むと出家に反対なさる

方々もかなりいらっしゃったとか。人の縁については当時どう捉えていましたか。

寂聴　それはもう、縁をすべて切るために出家したから。

藤子　つまり、それまでのお付き合いも切られて？

寂聴　はい。やはり好きになっちゃいけない男を好きになっていたでしょ。そういうのを切らないといけないと思って。出家でもしなきゃ切れないんですよ。

藤子　そういうものなんですか。寂聴さんが出家すると言ったら、相手の方はどうおっしゃったんですか。

寂聴　向こうもずっと困っていたんでしょう、「なるほど、そういう方法もあったか」と嬉しそうにしてました(笑)。

藤子　喜んでいたんだ？　すごいな。

寂聴　51歳でした。出家したのは本当に良かったです。当時、遠藤周作さんが仲間と一緒に、仕事か何かでパリにいたんですって。それで新聞で私が出家したことを知って、「三島由紀夫と同じだね」と、そういうふうに受け取ってくれたんですよ。……三島さんも面白い人でしたね。

藤子　そうでしたか。

寂聴　私がファンレターを出したんです。まだ長編を書いていないころね。そうしたら、「僕はファンレターに返信を出さない主義なのですが、あなたのファンレターはとても面白いから返事を書く」って。どこの誰かもわからないのにね。それから往復でやりとりするようになって。私、「少女小説を書いたから名前をつけてくれ」と言ったの。

藤子　名前とは？

寂聴　ペンネームをつけてくれって。手紙に5つほど候補を書いて、「あなたが良いと思うものに丸をつけてください」と送ったら、「三谷晴美」に丸をつけてきたんです。それで三谷晴美という名前で懸賞に出したら、当選して、初めて原稿料をもらったの。「こういうときは名付け親にお礼をするもの」と手紙がきて、煙草の缶を2つ買って送りました。そうしたら「とても嬉しいけれど、これは世間には内緒にしてください」という返信がありましたよ。いま言っちゃったけど(笑)。とっても面白い人でした。どこの誰ともわからないのに相手してくれて、ずっと返事をくれました。その後、小説家になったら、「手紙はあんなに面白いのに、小説はどうしてこんなにつまらないのか」と手紙が来て(笑)。「外国のユーモア小説のようなものを書きなさい」とアドバイスされましたね。それはちょっと合わなかったからできなかったけど。藤子先生が何か特別に手放したものはありますか。

藤子 僕は捨てない派なんですよ(笑)。変なものを集めるのが趣味で、「変コレクション」というコレクションがあるくらい。世界中、ひとりで放浪するのが好きで、なんかしら買って帰ってくるんです。

寂聴 ひとりで放浪なんて羨ましい。それをやりたいんだけど、いまさらできないわ(笑)。それでどんな変なコレクションがあるの?

藤子 初めてインドへ行ったときは、骨董屋で1メートルくらいの人形を買いました。首と腰に関節が入っていて、指で押すとインドの踊りを踊ってくれるんです。それがすごく艶かしくてね。夜、その人形に間接照明をあてて、酒を飲むんですよ。とても気分がいい……。

寂聴 そうそう、お酒の話が出たところで、乾杯しませんか。私が利き酒をして、ブレンドした「白道《びゃくどう》」というお酒なんです。

藤子 ありがとうございます。けっこうですね。

ほかにも、屋台で鍵のいらない宝石箱も買いました。開けるのは簡単で中に宝石を入れてしめる。でもどこにも鍵穴がないし、鍵もない。「開けるときはどうするんだ?」と尋ねると、「買えば教える」って。

寂聴 うまい(笑)。買われましたか?

藤子 買いました(笑)。何百円かくらいだったから。そんな奇妙なコレクションが何十点かあります。まあ、漫画家というのはそういう斜めから見

＊18…1964～68年、81～88年に連載された藤子不二雄Ⓐによる漫画。忍者の里・伊賀から忍術修行のために上京したハットリくんがさまざまな騒動を巻き起こす。1966年と67年にテレビ実写版化、1981～87年までテレビアニメ化された。

＊19…1965～69年、1980～82年に連載された藤子不二雄Ⓐによる漫画。怪物ランドから人間界へやってきた不思議な少年「怪物くん」とそのお供のドラキュラ、オオカミ男、フランケンが巻き起こす騒動を描く。1968年にモノクロで、1980年にカラーでテレビアニメ化、また、2010年にテレビ実写化された。

たらオッと思うようなことが重要なんですよ。僕は最初のころは『忍者ハットリくん』[*18]とか『怪物くん』[*19]とか、わりとまともなギャグを描いていたんですが、30歳を超えて苦痛になってきてね。相方の藤本氏は天才ですから、30になっても40になっても『ドラえもん』を描けたけれど、僕は無理だった。このままだと藤本氏のマネジャーになるしかないなと悩んだんです。ところが漫画の読者も同じように歳を経るわけで、小学館から『ビッグコミック』という青年コミックが出るから描いてくれと言われて。それで描いたのが『黒イせぇるすまん』という、『笑ゥせぇるすまん』の前身にあたる漫画。江戸川乱歩やロアルド・ダール[*20]、スタンリイ・エリン[*21]など、推理小説だけどちょっと微妙に違う小説があって、こういうのを漫画にしたら面白いかなと思い、せぇるすまんシリーズを描き出したんです。

寂聴 小学館の白井さんを、私もずっと昔から知っています。昔、「漫画原作を書きなさい」と言われました。「あなただったら書けるし、儲かるから」って(笑)。それで一生懸命書いたんだけど、書いても書いてもダメだった。

藤子 例えばどういうものを?

寂聴 言えません(笑)。でも一生懸命書いた。10くらい書いたけれど、ぜん

＊20…１９１６年、イギリス・オックスフォード生まれ。風刺やブラックユーモアに満ちた短編小説や児童文学を著す。代表作に短篇『あなたに似た人』『来訪者』、長編『オズワルド叔父さん』、児童文学『チョコレート工場の秘密』『父さんギツネバンザイ』など多数。１９９０年没。

＊21…１９１６年、アメリカ・ブルックリン生まれ。ブルックリン大学文学部卒業。１９４６年、エラリー・クイーンズ・ミステリ・マガジンに投稿した短篇「特別料理」が高く評価され、長編『断崖』が刊行。代表作に『パーティーの夜』『ブレッシントン計画』『第八の地獄』『鏡よ、鏡』など。１９８６年没。

ぜんダメだった。これは才能ないと自分で見切りをつけ、諦めました。

藤子 できていたら大変な傑作になっただろうに！

寂聴 藤子さんはこれまで描くことが苦しいと感じたことはありましたか。

藤子 いや、僕は漫画を描いて苦しいと思ったことは一度もないです。ただ、締め切りがね。寂聴さんもそうでしょうけど。

寂聴 私と同じね。書くことは楽しい。いくらでもできる。ただ、締め切りが(笑)。

藤子 ほんとうに苦しいと思ったことは一度もないですか？

寂聴 ないない。まあ、本気で書くからくたびれはしますけどね。やはり自分の頭と血肉を使って書くわけだから。

藤子 僕は漫画家だけど、昔は職業欄に一度も「漫画家」と書いたことがなかった。「画家」って書くんです。それは漫画家を職業として認めたくないというか、非常に贅沢な言い方だけど、趣味の延長で、仕事とは思いたくないんですよね。昔は小田急線の生田から新宿の事務所まで、月曜から金曜まで毎週通ったんです。完全なサラリーマン。電車に乗ると時間帯によっては満員電車のときもあるし、空いているときもある。僕は必ず乗客の顔を観察するんです。この人はどういう家庭をもち、どういう仕事をしているのかを想像する。漫画は実際に顔を描かないといけないから、そういうネタになる顔をたくさんインプットして、会社に行って、その顔を描く。最初はそういうリアルから始まって、そこから想像の世界に入っていくのがすごくワクワクするんです。漫画を描くことによって自分が別の人生を疑似体験というんでしょうか、そういうのが面白いんですよね。

幸せな死に方とは？

藤子 寂聴さんはよく「笑いなさい。笑うことが福を呼び寄せる」「生きていける」とおっしゃっていますね。

寂聴 まあ、死ぬときも笑えって言っても無理よね(笑)。

藤子 笑う、ということは確かに心が広がります。

寂聴 笑うと体の細胞がぜんぶ開くでしょ。笑うのはいちばんいいのよ。泣いて悲しくなるのはダメ。細胞がシュンと小さくなるから。それから女の人は、どんなおかしな人でも「自分は素敵」と思っているのです(笑)。他人の意見は関係ない。美輪明宏さんは「たくさん鏡を買って家中に置きなさい」と言うのです。その鏡を見て、「ああ、私は綺麗だな」と思えたら、それでとても幸せになるからと。

藤子　なるほど。

寂聴　法話には、百人くらいみえるんだけど、ほとんどがおばさんなんです。そこで「今日もお綺麗ね」「その髪型いいわね」と言ってあげると、本当に嬉しそうな顔をする。やはり女の人はそうやって「綺麗だ」と言ってもらうのがいちばんね。自分に自信を失ったときに女は病気になります。

藤子　それは男も同じです。男は歳とったら服装が大事。今日も寂聴さんとお会いするのに「どういう格好をしようか。ネクタイを締めるのはなんだし、タキシードを着ていってもなあ……」といろいろ悩んだ結果、こういう格好にしたんです。

寂聴　すごくお洒落で、素敵です。

藤子　このピンクの象のセーターは、姪が何十年も前に編んでくれたんです。

寂聴　手編みですか。すごく素敵と思った。

藤子　ありがとうございます。話がずれちゃったな(笑)。笑って生きるための寂聴さんなりの極意みたいなものはありますか。

寂聴　やっぱり笑っては死ねないわね。先日、私の知り合いが死にかけて、呼ばれて行ったんですよ。身内がたくさん集まっていて、年寄りから子どもまでみんな泣いていた。私も呼ばれたからには何か言わないといけないかなと思って、「こんなにたくさんの人があなたの死を見送るために集まっている。こんなにも愛されて、あなたは幸せね」と言ったんです。そうしたら本人がパッと目を開いて、「だから死にたくないんです！」って（笑）。本当、みんな死にたくないんですよ。

藤子 でも死ぬのは当たり前なんだしね。僕は寺に生まれたから、子どものころから毎日死を目前としていた。早かれ遅かれみんな死ぬんだから、死を怖がってもしょうがないなと思うんです。日本人の平均寿命は、男性は81歳、女性は87歳で、僕も寂聴さんもはるかにそれを超えてきたわけだから、いまさら死ぬの生きるのと言ってもね。逆に得したと思った方がいいなと。

寂聴 奥様はご健在なんですか。

藤子 ワイフは今ちょっと具合が悪くて入院中です。いまひとりなんですよ。食事が困りますね。特に僕、偏食なので（笑）。朝はトーストを焼いたり、フルーツのグラノーラにミルクに入れて、バナナを切って入れたり工夫しています。昼は食べない。夜は外食であちこちへ行きます。店を選ぶのもたのしいです。味はモチロン大事ですが、僕は店のつくりも選びます。時々行く駅前の店があります。駅に向かって窓ガラスがあって、その窓際に座ると、夜の7時ごろにロマンスカーや急行が走っていく。新宿から小田原へ向かうのは満員。小田原から新宿へ行くのはガラガラ。そういうのを見ながらひとりで食事していると、なんとも言えない幸せな気分で……。ロマンチックになります。

寂聴 まあ！　私、「侘しい」って言うのかと思ったら、幸せだって！　素敵！

藤子 いや、侘しくないんです。僕はなんでも面白がるたちなんですよ。漫画家だからかな。「ひとり宴会」と呼んでいるんですが、1時間くらい自分ひとりで勝手にすごす。そういうことが楽しくなっちゃって。

寂聴 私も夜、ひとりなんですよ。秘書もお手つだいもみんな帰ってしまうから。これまでは何ともなかったけれど、このごろちょっと……急にお迎えがきたらどうしたらいいかなって。少し心配。でも淋しくはない。

藤子 最近お考えになる？

寂聴 とはいえ、まだ死にそうもないんですよね。困っちゃう。数えで言えば再来年百でしょう。百歳のお祝いなんてどうやったらいいのかしらと思って。

藤子 昨日テレビを見ていたら、１０４歳の夫が病床に伏した98歳の奥さんのために食事をつくっていたんです。奥さんも感謝して、「ありがとうありがとう」と言って。人間というのはこうやって生きるのが幸せなんだとつくづく思いました。だから人のために尽くしている寂聴さんはま

＊22…１９９０年に公開された黒澤明監督の日米合作映画。「日照り雨」「桃畑」「雪あらし」「トンネル」「鴉」

だまだお元気なんじゃないですか。

寂聴　だけどやっぱり一時と比べたら非常に衰えていますよ。

藤子　死は怖いですか。

寂聴　出家しているからか、怖くないですね。悪いこともいっぱいしているけれど、出家したから許されているの（笑）。

藤子　なるほど（笑）。でも最近大きな手術をされたんですよね。

寂聴　最近というか、ここ何回か大きい病気をしたけれど、私平気なの。いつ死んでもいいと思っているから、なんともないんですよ。

藤子　それは私との共通点でもありますね。僕は70が過ぎるまで病気なんてしたことがなかった。でも、平成25（2013）年に大腸ガンで手術したんです。それでＩＣＵに入ったら、夢を見た。大ファンの黒澤明監督が晩年に撮った『夢』*22の笠智衆と同じく、僕が笠を被って、なぜか小川のほとりを歩いているんです。そうすると、小川の向こう岸から「おーい、アビコ〜！」と呼んでいる声が聞こえる。朽ち果てた廃屋の2階から、昔トキワ荘にいた寺さん（寺田ヒロオ）*23や石ノ森氏、赤塚氏、藤本氏が「こっち来い」と。面白かったのは、彼らはみんな死んでいるのに、なぜかひとりだけ生きているつのだじろう氏*24がいたんです（笑）。それで橋を渡ろうとしたときに、現実にうなされていたらしく、姪が僕をゆす

「赤富士」「鬼哭」「水車のある村」の8話からなるオムニバス形式。笠智衆は第8話「水車のある村」に出演。

＊23…1931年、新潟県生まれ。「トキワ荘」のリーダー格で、藤子不二雄Ⓐの自伝的漫画『まんが道』では頼もしくて理想的な先輩として描かれた。代表作に『背番号0』『スポーツマン金太郎』『暗闇五段』など。1992年没。

＊24…1936年、東京都生まれ。1955年、『新・桃太郎』で漫画家デビュー。少女漫画時代を経て再び少年漫画誌に。梶原一騎原作の『空手バカ一代』が大ヒット、劇画調の作品を描くように。『うしろの百太郎』『恐怖新聞』などの怪奇・オカルト漫画で不動の地位を築く。

った。パッと目が覚めて、無事にこの世へ戻ってこられました（笑）。

寂聴 つのだ先生はなんでそこにいたのかしら？

藤子 霊の漫画を描いているからかな（笑）。普段も死んでいるのか生きているのかよくわからない男で。

寂聴 行ったり来たりしている？

藤子 そうかもしれません（笑）。今日は寂聴さんとお話しさせていただいてほんとうに有難く思っています。初対面なのにとても楽しくお話しできました。寂聴さんはほんとうに生き仏様かも。

とにかくあと何年生きられるかわからないけど1日1日面白くいこうと思っています。僕は〝ちいさな祭り〟といっているんですけど、ちょっとしたことでも自分で盛り上げて死ぬまで元気にやっていくつもりです。

藤子不二雄Ⓐ

（ふじこふじお・エー）

1934年、富山県生まれ。曹洞宗の住職だった父の急死により転居した高岡市の小学校で藤本弘（のちの藤子・F・不二雄）と出会う。手塚治虫の作品に衝撃を受け、ともに漫画家を志す。1951年デビュー。主な作品は『オバケのQ太郎』（藤本と共作）、『忍者ハットリ君』『怪物くん』『プロゴルファー猿』『笑ゥせぇるすまん』など。『オバQ音頭』の作詞、映画『少年時代』プロデュースを手掛けるなど、多才ぶりも知られる。2011年、旭日小綬章受章。

寂庵コレクション

Vol.1

くすりになることば

はじめに

「寂庵だより」は、寂庵のへそ

「寂庵だより」は、1987年1月号から、2017年1、2、3月合併号まで足かけ31年間続きました。

始めたきっかけは、寂庵の存在を世の中に知らせるため。なぜそれを出したいかを人々に知ってもらうために、新聞を出すつもりになりました。

「戦争反対」など、自分の意見を、世の中に伝える術でもありました。また、仏教をもっと世に知らせる意味もありました。

始めるとき、昔、寂庵にいた僧侶、寂信さんが元新聞社の副社長だったので、新聞の作り方などを教えてくれたので安心でした。最初は、毎日皆で集まって出版会議をしたりして、興奮し、情熱に溢れていたのが思い出深いことです。

文学的なものを書くのは自分のためで、楽しいけれど、公の新聞に書くのは責任があることです。といっても、私の根の部分は文学的だから、私が書いた新聞は、他の人が書くものとちょっと違っていたかもしれません。自分の新聞を持っていることで、自分の意見を出すだけではなく、社会や他の人たちからの意見も聞けたことは、いいことだったと思います。

「寂庵だより」は、さいわい注目してもらうことが出来て、特に宣伝をしなくても広がっていきました。本屋さんに置かれていたこともあります。二十一世紀に変わる頃にはカラー刷りになりました。

ほんとうは私が生きている限り続けるつもりでした。何をするにも自分の思想を責任を持って発表する場所は大切です。例えば私が牢屋に入れられていても、この新聞があれば、牢屋から発信することが出来るのですから。

今回、「寂庵だより」が、「寂庵コレクション」として、本のかたちで再び皆さまに読んでもらえるのは、とてもうれしいことです。非常に内容が充実していますし、戦争反対や自然、災害との戦いは、時を経ても変わらないので。

「寂庵だより」は、一口に言えば、寂庵の『へそ』のようなものです。

２０１９年11月吉日

瀬戸内寂聴

寂庵
コレクション
Vol. 1

くすりになることば

目次

欲望

悪魔は他にあって自分を苦しめたり、誘惑したりするのではなく、自分の肉体と心の中に棲む。人は、死ぬまで、自分の肉体と心が欲するあらゆる欲望と闘って生きねばならないのである。

30号　巻頭言　なにものをか悪魔となる

仏陀の弟子に、ラーダ（羅陀）という比丘《びく》がいた。性質が単純率直な若者で、何かわからないことがあると、いつでも仏陀にその疑問をぶっつけて教えを請う。わからないことを聞くのに遠慮や恥ずかしさを感じなかった。

その日もラーダは仏陀の前に出て質問した。

「尊師よ、よく悪魔、悪魔とおっしゃいますが、いったい悪魔とは、なんですか」

仏陀は答えた。

「ラーダよ、悪魔とは、自分の肉体だ。肉体は常に私たちを妨げ、かきみだし、不安におとしいれる。これが悪魔だ。また悪魔は自分の感覚だ。感覚は私たちを妨げ、かきみだし、不安におとしいれる。これが悪魔だ。また感情、意志、判断も、私たちを妨げ、かきみだし、不安におとしいれる。これが悪魔だ」

悪魔は他にあって自分を苦しめたり、誘惑したりするのではなく、自分の肉体と心の中に棲むという教えである。

人間の肉体と心が悪魔なので、人は、死ぬまで、自分の肉体と心が欲するあらゆる欲望と闘って生きねばならない。

仏陀が、悟りを開かれる前の瞑想中、様々な悪魔が襲って、そんなつまらないことはやめなさいと誘惑したと伝えられている。その時の悪魔の姿は美しい魅惑的な女体で描かれる。

男にとっては、突然あらわれた過去の女たちが悪魔のように見えるだろうが、実はそういう女たちと関わった時の、肉体と心の迷いこそが悪魔なのだということか。

「善いことをして、悪いことをするな」
この当たり前のことが出来ないのが
人間である。

110号　今月のことば　諸悪莫作《しょあくまくさ》　衆善奉行　自浄其意　是諸仏教　「涅槃経」梵行品の一偈。

悪いことはしないよう、善いことはつとめてこれを行え、いつも清浄な心を持つ、それが仏教である。

伝教大師最澄とほぼ同年代を生きた中国の詩聖白楽天が地方の知事になって赴任した時、その町でいつも高い樹の上で暮している道林という僧がいて、町の人々に尊敬されていた。道林が樹上で座禅をしているのをはじめて見た白楽天が思わず、

「危い！」

といったら、道林は樹上から、

「危いのはお前さんの方だろう」

といった。白楽天がすぐ問い返した。

「どうして地上に立っている私の方が危いのか」

「三界火宅の中にいる者は、地上にいても危い。生死無常の岩頭に立っていても、確固たるゆるぎない信仰のある者は危くないのだ」

と道林が答えた。白楽天はこの言葉に感動して、更に道林に問いを発した。

「仏教の極意を教えて下さい」

それに答えたのが、この一偈《いちげ》だった。

「善いことをして、悪いことをするな。この当たり前のことが出来ないのが人間である」

道林の答えに、白楽天は恐れいった。

仏教は知ることでなく、知って行うことなのだと道林の答えは教えていた。

人間ほどはかないものはない。いつでも神仏に向って自分が金持になり、身分が高くなって出世することばかりを祈り願っている。我欲を捨て、富貴をほしがらなくなった時こそ、心が富貴に満たされていることに、人は気づかない。

140号　今月のことば　人ほどはかなきものはなし

人間ほどはかないものはない。いつでも神仏に向って自分が金持になり、身分が高くなって出世することばかりを祈り願っている。

神頼みして富貴を手に入れようとするのは昔も今も変らない。つまり、常に現世の利益ばかりを祈るのである。すべては我欲であり私利私欲にすぎない。

しかし、金や財宝がいかに空しいかということを、われわれはバブルの崩壊でいやというほど教えられ、戦災、天災でも身にしみて思い知らされている。

最近毎日のように報じられる大企業、銀行、証券会社の危い経営状態や、リストラ旋風を見ても、金銭がいかに頼りにならぬものかが肝に銘じてきている。そういう企業の先頭に立っていた人々が次々獄につながれている。すべては、いかに富貴が空しいかということの証しである。そんな空しいものに執着し、神仏に祈る人間こそ、空しく、はかないものである。

そんな我欲を捨て、富貴をほしがらなくなった時こそ、心が富貴に満たされていることに、人は気づかない。

財産を持ったばかりに、強盗に入られたり、詐欺師にだまされたり、子供の遺産争いの種を作ったりする。宝くじの当たった人が幸せになったというためしもない。

「財は多ければ還って己を害《そこな》う。之を散ずれば即ち福生じ、之を聚《あつ》むれば即ち禍《わざわ》い起こる」

財産が多いと、かえって自分をだめにしてしまう。財産を適当に他に分配すれば幸福が生れる。財産をむやみに集めると、禍いのもとになる。

中国、『寒山詩集』の中のことば。寒山は中国唐代の僧。生歿年未詳。詩集三巻を寒山詩という。名詩が多い。

この詩は、「欲張りの者が財産をかき集めるのを好むのは、ふくろうが子供を可愛がるようなもの、その子供は大きくなれば親を食ってしまう。財産が多いとかえって自分をそこなう。使ってしまえば福が生じ、集めたら災難が起こる。財もなく難もなければ、青空の中に羽ばたくように自由だ」と歌っている。

財産を持ったばかりに、強盗に入られたり、詐欺師にだまされたり、子供の遺産争いの種を作ったりする。宝くじの当たった人が幸せになったというためしもない。

寒山の之を散ずればというのは、使ってしまえばということだろうが、自分の欲望を満たすため浪費するのも愚かなことで、有効に使えばということだろう。衣食足って礼節を知るという言葉もあるから、財産はほどほどがよい。

何ものも「自分のもの」ではない。若さも、名誉も、金も、家族も、いつかは失ってしまうはかないものである。そう自覚することで執着という煩悩から放たれることが出来るのである。

160号　今月のことば　何ものも「自分のもの」ではない

何ものも「自分のもの」ではない、と知るのが知恵であり、苦しみからはなれ、清らかになる道である。

インド原始経典『ダンマパダ』277より。

どんなものも自分のものではないという考えは、社会の常識には反している。所有権というものが現在のどこの国の法律でも認められ、保証されている。所有物を盗まれたり奪われた場合は、裁判所に訴えれば、法律で裁いてくれ、奪われたものは取り返してくれる。

ところが仏教では、すべての物は自分のものではないという視点に立つ。

現に、この頃の世相では、自分の仕事と思いこみ、自分の会社と信じていたものが潰れると、たちまち首になり、「自分の仕事」も奪われてしまう。

自分のものと信じこんでいた夫が、自殺したり、蒸発してしまったりする。

自分のものと思いこんでいた子供が、親の自分には何も打ちあけず登校拒否したり、友だちを脅して金をまきあげたりしている。

自分の家を建てたと喜んでいても、一たび地震や近くの火山が爆発すれば、即、失ってしまう。若さも、名誉も、金も、家族も、健康も、生命も、いつかは自分から逃げて失ってしまうはかないものである。そう自覚することで執着という煩悩から放たれることが出来る。

私たち人間は、自分の心のままに勝手に生きようとする。自分のしたいことは、たいてい自分の煩悩が欲していることである。そんな煩悩の心を制御し、自分でコントロールすることこそが大切なのである。

164号　今月のことば　わが心にまかせずして心を責めよ

自分の心のままに流されずに、その心を制御せよ。

蓮如（一四一五〜一四九九）の言葉。『蓮如上人御一代記聞書』より。

私たち人間は、自分の心のままに勝手に生きようとする。自分のしたいように生きることは楽しい。しかし、そのため人に迷惑をかけても気づかないし、自分のしたいように出来ないことがあると、不平不満で腹をたてる。

自分のしたいことは、たいてい自分の煩悩が欲していることである。そんな煩悩の心を制御し、自分でコントロールすることこそが大切なのである。

蓮如はこのあとに、

「仏法は心のつまる物かとおもえば、信心に御なぐさみ候」

と、つづけている。心がつまるとは心が堅苦しくなることで、仏法とは難しい堅苦しいものかと思ったら、信心したら、心がときはなたれて、なごやかになるものだ、というのである。

自分の心、つまり心の中の煩悩の制御が出来たら、苦しみはなくなる。

すべての迷いは自らの欲望から生まれる。
生まれた時の何の欲もない心に立ち帰れば悩みから解放されるのである。

181号　今月のことば　一切の迷いは

一切の迷いは、皆身の贔屓《ひいき》故に、迷いをでかしまする。
身の贔屓を離るれば、一切の迷いは出《い》で来はしませぬ。

江戸、盤珪永琢《ばんけいようたく》（一六二二〜一六九三）の、『盤珪禅師法語』上巻より。

すべての迷いは、みな自分の身贔屓《みびいき》、つまりわが身可愛さから生まれてくるものだ。わが身を可愛く思う心を離れると、どんな迷いも全くできはしない。
盤珪は易《やさ》しい言葉で親しく人に禅の法を説いた禅者である。私たちが生きているなかで、あれが欲しい、あいつが憎い、これが可愛いと、煩悩に迷わされつづけている。しかしそれも煎じつめれば、すべて自分の欲望を適《かな》えたいという自分可愛さの欲望から生まれたものにすぎない。身贔屓という欲心も捨ててしまえば、すべての迷いは生まれるわけがないのである。生まれた時の何の欲もない心に立ち帰れば悩みから解放される。

罪が一番重いのは人である。
人間は自分の業の深さを
思い知るべきである。

罪の重き軽きあり。虫より魚は重し。魚より夕鳥は重し。
鳥よりけだものは重し。けだものより人は重し。

江戸、至道無難《しどうぶねん》（一六〇三―一六七六）のことば『至道無難禅師法語』より。

原文は仮名法語なのである。
無難は江戸時代の禅僧だが、この頃になって、仏教各宗が民衆の教化に熱を入れるようになったのである。

虫は鳴いても謙虚で仲間を殺したりしない。魚は沈黙しているけれど、弱い同類を襲って食べるから、虫より罪は重い。鳥は餌とみると、他の動物でも飛びかかって食べるから、魚より罪は重い。獣は彼等より獰猛で弱い動物を見境なく食べるから鳥より罪は重い。しかしその獣さえ、人間にかかれば生け捕られ、皮をはがれ、肉は食べられてしまう。人間が一番罪が重いわけだ。人間は自分の罪の業の深さを思い知るべきである。

お釈迦さまがバラモンに教えた賤しい人の条件。

お釈迦さまがある時、自分を賎しい者とさげすんだバラモンに、賎しい人の条件を教えました。

○怒りっぽく、怨みがましく、根性が悪く、たくらみのある人、見せかけで人をだます人。
○生きものに対してあわれみの心のない人。
○村や町を破壊し包囲する、圧制者。
○人の物を盗む人。
○負債があるのに、ないと言い張り返さない人。
○道行く人を殺し、ものを奪い取る人。
○証人として立った時、偽証を言う人。
○暴力を用い、または相愛して、親族や友人の妻と交わる人。
○財豊かなのに、年老いた父母を養わない人。
○家族に暴力をふるい、言葉の暴力でしいたげる人。(まだまだつづく)

こうして読むと、自分はそうじゃないと言いきれないものが、心のどこかにあるようだ。

多欲の人は、多くの利益を求めるので、それだけ苦しみも多い。小欲の人は心が安定していて、憂いも不満もなく涅槃《ねはん》に入る。小欲で満足を知る人は貧しくとも心豊かである。

釈尊が最後の訪問者スバドラに説法を施したのち、いよいよ入滅しようというその間際になって、弟子たちに最後の説教をした、その時の教えを記した経典が『遺教経《ゆいきょうぎょう》』である。その説法の中に「小欲と知足」の教えがある。

小欲については、

「多欲の人は、多くの利益を求めるので、それだけ苦しみも多い。小欲の人は心が安定していて、憂いも不満もなく涅槃に入る」

と説いている。

また満足を知る知足の人は、

「豊かで安穏な境地にいたり、貧しくとも心豊かである」

と説く。

人間は生活していく中で、何の迷いもなく、悩みもないなどということはあり得ない。煩悩は限りなく、私たちは、死ぬまで煩悩に振り回される。

今、一切の迷いは、皆身《みなみ》の贔屓故に、迷いをでかしまする。

身の贔屓を離るれば、一切の迷いは出で来はしませぬ。


江戸、盤珪永琢（一六二二〜一六九三）の『盤珪禅師法語《ばんけいぜんじほうご》』上巻より。


人間は生活していく中で、何の迷いもなく、悩みもないなどということはあり得ない。あれこれと、悩みは毎日果てしなくわき起こる。

あいつが憎い、こいつがかわいいなど、愛情の面でも、一生、迷い続けて生きている。

煩悩は限りなく、私たちは、死ぬまで煩悩に振り回される。

わが身かわいさのために、何事も自分中心にしか考えられない。

コラム　寂聴ダイアリー２００２

『寂庵だより』では、瀬戸内寂聴の日記が２００２年から掲載されている。ここでは開始された２００２年の一年間を掲載した。文壇での交流は盛んで、原稿締切のほか毎週のように講演会が続き、まさしく多忙を極める毎日である。また、この年は田中真紀子氏が更迭され、小泉首相が北朝鮮へ行き、「日朝平壌宣言」が調印された年でもあった。瀬戸内寂聴、八十歳の一年間である。

一月××日

寂庵の初写経、修正会をする。今年は殊の外参加者が多い。はじめての人がまた特別多い。昨年末のＮＨＫの身の上相談や、天台寺の大晦日のテレビを見た人たちだった。

ＮＨＫの身の上相談は、前回も同じ黒田あゆみさんの聴き役で、寂庵で二回分一度に収録した。

前回の反響が多かったのでと、ＮＨＫに請われたものだが、二回めの方が更に反響が多く、ＮＨＫが驚いていた。

寂庵のメールも、パンクしそうな勢いで連日、その感想が入ってくる。みんなの悩みは大別すれば、いくつかに分けられるが、たとえば摂食障害《せっしょくしょうがい》にしたって、そうなった理由は一人一人ちがうのである。不倫と一口に言っても、これも様々なタイプがある。不倫している側、されている被害者の側と、立場が替れば悩みもちがってくる。嫁姑のあつれき、愛する人との死別。それも一人一人ちがう。百人いれば百色の悩みがあるわけだ。それでもメールを見て、似た経験を持つ人から、すぐ反応して、意見が寄せられると、発信者は嬉しいらしく、互いに慰めあってくれたりするのでありがたい。

メールの文章は、みんな理路整然としてわかり易い。それにしてもこんな便利な不思議なものが出来るとは、私の子供の頃は夢にも考えられないことだった。科学の技術というのはどこまで進むのか。その分、地球の滅亡の気配も進んでいるのだから恐ろしい。

一月××日

かねて約束していた島田雅彦さんの名料理で、お客を招いてパーティーしようという案を実現した。島田さんは小説家なのに、舞台に立って芝居をしたり、茶道をたしなんだりする多才な人だが、何といってもその多才の中で抜群なのがお料理という定評がある。

この頃はよく婦人雑誌のグラビアなどに、派手な島田さんのパーティーの写真が出ていて、名シェフぶりが披露されている。お客の顔ぶれはいつも女性たちで、二十代から六十代までと幅が広い。みなさん優雅で美人揃いである。しかしどの美女たちよりも光っているのが島田さんで、今様《いまよう》光源氏のようなハンサムである。

大阪の大学に教えに通ってるのでその日なら京都へ行ってもいいという。そこでお客に招待状を出した。山田詠美さん、川上弘美さん、平野啓一郎さん、フランソワ・ラショーさんである。新しく造った炉の部屋が場所。

午前十一時に島田さんの泊っているホテルへ迎えに行くと、まだ寝ぼけ眼で出て来た島田さんは鼻の下に血を滲ませている。まだ寝ていてあわててかみそりで切ったという。

「昨夜、平野くんと二時まで呑んでしまったから」

そこから錦市場へ行く。島田さんは錦ははじめてとか。料理の鉄人が錦も知らないでは恥ずかしいと、私が意気揚々と案内する。かく言う私も、京都にいながら、もう十何年もここを通っていない。それでも何十年前と同じ錦市場である。ずらりと並んだ店屋は食料品店ばかり。私がうろうろ見て歩くので、店の人がにこにこして、何かかにか私の掌に食べ物をのせてくれる。買物に来た人たちが、握手を求めてくる。お布施をくれる人もある。

島田さんが恥ずかしがって、つれじゃないみたいなふりをして歩く。ここを往復して、しこたま材料を買いこんで帰ってきた。パーティーは三時からというのに、もう一時近くで、間にあうかしらと心配する。はじめて囲炉裏の部屋を見た島田さんはすっかり気にいって、この鉄鍋料理をメインにしようという。

寂庵のスタッフたちは好奇心から一人残らず台所に集るが、シェフは一切一人でやる主義だと追っ払われる。さて、続々お客があらわれる頃には、炉の火は赤く燃え、料理は次々出され、お酒はふんだんにあり、実に愉しくなってきた。

結局、その日帰京する筈の人たちもみんな酔っぱらって、午前一時頃までおしゃべりがつづき、みんな帰京出来なくなってしまった。ああ、愉しかったというのが全員の感想。

またやりたいというのも全員の希望。料理のメニューは、『週刊新潮』に発表した。

一月×日

けがの痛みは年をとってから出るというが、大晦日の天台寺でのすってんころりんが、二十日もすぎて出てきて、お尻が痛いの何の、マッサージしたら、よけい痛くなり、鍼をするやら大騒ぎ。その間三つほど一日置きに講演があり、その時だけ気を張って痛みどめしてもらって相勤める。そんな無理がたたって、だんだん歩くのもおぼつかなくなった。それでも大谷竹次郎賞の日だけは奇跡的に痛まず、無事、賞をいただき、団十郎さんから祝辞、新之助さんから黄色のバラをかかえきれないくらいもらって、ホクホクして帰った。

京都駅に着いたら、もうがまんできないほど痛く、迎えに来た人が、まるでお婆さんみたいと思わずいう。怒ってみたが、考えるまでもなく、れっきとしたオバアサンであった。鍼師は、これは筋肉痛だから、これ以上治療しても無駄、日にち薬だとつき放す。

病院でレントゲンでみてもらったら、骨はきれいで、どこも異常がないという。それでも歩けないというと、そんな奇妙なことはないとけげんな顔をして、軟膏をくれるのもいやそうな顔だった。考えてみれば、私がけがで病院に入ったのは、パリでやっぱりすってんころりんと転んで、日本に着くなり東京の病院に駆けつけて以来のことだ。あの時は左手首だった。そういえばあの時も治りは日数がかかったなと思い出す。それでも人前では無理してしゃんとしているので、どうしてそんなにお元気ですかと訊かれる。

一月×日

突然の真紀子さん更迭劇にびっくり仰天。連日、テレビを見ている。テレビは正直だ。誰が嘘をついているかよくわかる。

一月×日

突然腰から脚が痛くなる。スケジュールはぎっしり詰っているので、いろいろキャンセルしても、どうしても行かねばならない講演がある。痛み止めの薬で何とかごまかし、三つの講演をこなしたものの、その間はもう寝たっきりになってしまう。医者に行く気力もない。マッサージと鍼がさっぱりきかない。

二月×日

病院へ行く。呆れたことに、車を降りたら、全く歩けない。生れてはじめて車椅子に乗る。病室をとっておいてくれたので、即入院する。看護婦さんがみんな親切。とにかく骨のレントゲン撮る。入院して安心したせいか、どっと疲れが出て、ひたすら眠りつづける。

二月×日

レントゲンの結果説明、どこもひびも入っておらず、骨は四十歳という。内臓は六十歳で、このままだと百二十まで生きますよと言われる。それでは足の痛いのはどういうわけだというと、医者も首をかしげる。極度の疲労と、この十日ほどの無理のせいだろうとのこと。とにかく一週間くらい入院して、静養ということに決まる。

二月×日

毎日呆れるばかりに眠りつづける。仕事はすべてキャンセル。車椅子は一日だけで、あとは自分の足でどうにか歩けるようになった。どこにも誰にも内緒と決める。スタッフが入れ替り立ち替り来てくれるが言うことは同じ、この際思いきって休んでくれとばかり。考えてみなくても、この三年来の無茶苦茶な無理は、自分が一番よくわかっている。食事は一切さし入れは断り、病院食だけにする。断食に比べれば、楽なものだ。

ついでに全身の検査もしておこう。三年前以来、調べていない。

二月×日

六日いて、予定より一日早く退院する。最後の日、目と耳の検査があったので、帰庵したのは夕方暗くなっていた。耳が思った通り、難聴度がうんと進んでいた。

二月×日

有馬の温泉に行くことにする。ついでに久々でスタッフの慰安旅行もしようということになり、突然みんなして出かける。

途中北野天神の梅を見る。考えてみたら、有髪の時、画家の桂ユキさんと満開の時観梅に来て以来三十年以上も訪れていない。

今年は天神さまの亡くなってから一千一百年祭とかで、道真展なども催されている。

北野神社へは度々来ているが、梅園までなかなか入る閑もなかった。

梅は二、三分咲き。これくらいが梅見には一番いい時なのだという。床几で甘酒など呑んでいると、こんなのんびりした時間など、ほんとに何十年もなかったような気がしてきた。

全集が終れば、今度こそ少し生活変えようとつぶやくと、スタッフ嬢たち口を揃えて、もう何百ぺん聞いたかわからないせりふだと笑う。

インターネットで見つけた宿だが、団体客をとらないので、静かで落ち着く。赤い塩湯で効きそう。

二月×日

温泉から帰り、でれでれしているうちに、体の芯から疲れがとれ、次第にパワーがたまってくる。

ソルトレークシティーの五輪の模様がテレビで連日放映。たまたま見たフィギュア―ペアで完璧と見えたカナダのペアが二位になった。

一位のロシアのペアは、素人目の私にさえ、いくつかのミスが明らかに見えたのに、おかしな審判だと思った。案の定、この審判に批判が殺到して大問題になっているという。当然のことだ。人間のすることだから間違いはあっても仕方がないが、こんな明らかな審判のエコヒイキは見逃せない。

勝負の世界は好きでない。勝敗であまりにもくっきりと選手の運が示されるので、見ていて辛い。努力が必ずしも勝利につながらないところが無惨すぎていやだ。

二月×日

やっぱりカナダのペアの審判に不正があったということが判明。金メダルがこの組にも出て一件落着、ヘンな結末で後味が悪い。

国会は相変わらず荒模様。真紀子さん更迭で一挙に支持率低下の小泉内閣が正念場に立たされている。株価も不気味なほど下がりつづけ景気は一向によくなるきざしは見えず。

二月×日

ブッシュ大統領の日中韓訪問が近づいているが日本はこれ以上、アメリカの言うままに従うなら、本当に恐ろしいことになる。

先日、一般教書演説をしたブッシュ大統領は、その中で、イラク、イラン、北朝鮮を名ざしで「悪の枢軸」と決めつけた。どうしてこんなに傲慢になれるのか不思議でならない。アメリカでは77パーセントの国民がイラクへの武力行使を支持しているという。アメリカは明らかに次の戦争に火をつけようとしている。

ブッシュ氏の訪日で、この問題にどんな態度をとるのかと、野党がしきりに質問しているが、小泉さんの答弁は、およそ迫力がなく、お座なりである。

そんな中で鈴木宗男氏の国後島での宗男ハウスや、宗男号という四輪駆動車などが国会で問題になっている。共産党が告発したものだが、眠気が覚める質問だった。いったい日本号はどこへ行きつくのだろうか。

二月×日

今日はまた恐ろしいニュースがあった。

東京の公団住宅で八四歳の夫が死亡しているのに、七六歳の妻は老人性痴呆になっていて、夫の死がわからず、一ヵ月もそれまで通りの生活をつづけていたという。夫婦は二人暮しだった。

郵便受けに新聞がたまっているのを近所の人が見て管理人に告げたことから発見された。こたつの上には、妻がその日の食事を作って置いてあり、夫はこたつに足を入れたまま死んでいたという。背筋の寒くなる話だ。別居している娘に夫は妻は痴呆でないといいつづけていたという。何ともやりきれない真冬の怪談である。

三月×日

二月末日萩原健一さんがお見舞いに来てくれ、半日、ゆっくり話したので、咳《しわぶ》きながらもとても楽しく、何よりの薬になった。たぶんショーケンも横尾さんと同じように前世の息子であったのだろうと話す。咳はまだひどいが、気分はよくなったので心配していた三月一日の写経には出られる。人に染してはいけないので大きなマスクをしたまま、みんなと一緒に写経する。常連の人たちの他に、最近は急に写経に来る人が増えて、整理券で待ってもらうのが気の毒になる。それでも月に一回の写経に来るのが何より楽しみで、心が落ちつくといってくれると嬉しい。

梅が咲き、山茱萸《さんしゅゆ》も咲き、沈丁花が匂い春らしくなった。

三月×日

まだ風邪は抜けない上、写経に出たのが無理だったのか、声が全く出なくなった。それでも、どうしても断り切れない一年前からの約束の講演のため金沢に行く。金沢から松任市に車で移動する。徳島県知事の圓藤寿穂氏が、県立文学書道館の建設に関して、八百万円の収賄の疑いがあるということが発覚し、大騒動になった。この文学館は、私が県にすすめて、建設が決ったので、マスコミから一せいに旅先の私に取材がある。圓藤知事は泣いて、絶対そういう不正はしていないと議会で弁明していたのに、今日、逮捕されてしまった。

知事とは文学館のことで三、四度会っているし、文学館の棟上げ式でも並んで挨拶した。

取材は宿泊所の法師温泉に夜なかに方々からかかってきて、眠ることも出来ない。私が知事の汚職に激怒していて、もう運びこんだ品々を引きあげるといっているという噂が流れているそうだ。どの取材もその真偽を確かめられる。私は怒るよりも呆れて、呆然としているのが実情である。徳島県には数は少ないがユニークな作家たちが出ている。その方たちを顕彰する展覧をするだけでも意義がある。私は自分の蔵書や持物をすでに数万点以上送っているし、今も送りつづけている。一階は私の展示品で満たされる予定である。開館は今年の秋という予定なので、今更こんなことで中止になったら困ってしまう。今度の突発的な不祥事は、結婚前の花嫁の白無垢の衣裳に墨をかけられたような、汚されたというマイナスイメージが強い。百万とか、五百万とか八百万とかいろいろ取り沙汰されているが、たとえ一万でもワイロはワイロである。政治家としてあってはならない事で、これが真実なら、もう政治家としての道は断たれても致し方がない。たまたま、鈴木宗男氏の疑惑が国会での参考人質疑から、衆院予算委員会の証人喚問まで進展した記事とダブッて政治家の倫理に対する無神経さがダメージとなった。その上、加藤紘一氏の事務所の前代表で秘書の佐藤三郎氏の脱税問題で、佐藤氏の逮捕まで進展した。この事件と加藤さんは無縁だとは言えないらしく、早くも加藤さんの離党問題まで云々されている。よくも政界の汚職事件それも揃って自民党の議員に関わる問題が揃ったものだ。

政界には倫理や正義を期待する方が無理なのかもしれない。

私は負けず嫌いだから、せっかくうち上げた文学館を、こんなことでだめにしたくない。むしろ、ここまで天下の悪名にしろ名が響いた文学館を、よりよい、恥ずかしくない立派な内容にしあげてみせようと、意欲満々である。

三月×日

松任市の講演では、舞台で最初蚊の鳴くような声しか出なかったのに、喋りはじめると次第に声がもどってきて、いつもより濁った声ながら、一時間半、無事勤め終り、大拍手で退場した。翌日の金沢市では、ずっといい声になり、主催の北國新聞の面子を立てることが出来た。

京都へ帰ると、徳島の文学館の人が二人荷物を取りに来ていた。二人とも今度の件で気を落していたが、どうしても予定通り開館したいと語る。

三月×日

京都ＫＢＳホールで源氏の講演会。近藤富枝さんが衣裳について話すのと二本立。いつまでつづく源氏ブームかと空恐しくなる。

三月×日

講演のため、宮崎へ行く。まるで五月はじめの陽気で、山桜が開き、こぶし、木蓮が美しく、行く先々菜の花がいっぱいだった。梅はとっくに終っていた。

まだ咳は残っているが、京都の時より声がよく出た。心配してくれていた主催者にも喜ばれる。

翌日、南郷村（現・美郷町）という山の中へ行く。ここは西の正倉院と呼ばれる奈良の本物とそっくりのものが建っていて、人口は二千余りの山の中の小さな村なのに、珍しい建物が名物になって結構人が集まるそうだ。途中若山牧水の生家があってびっくりした。

このあたりも花が咲き、春のようで、村の講演会場には何と千三百人もの人が集まっていた。この数日の中で、最も体調がよく話しが弾み、笑いが幾度も場内にあふれた。

帰りはもう空便がないので、ホテルベルフォート日向というハワイのようなホテルに泊る。天然温泉つき（当時）のホテルで、すっかり疲れが快復した。いつの間にか咳も止り、体調も完全に快復したという感じがする。ほんとに長い体調の不良だった。これでもう元気にならなければ、仕事のおくれの取り返しがつかない。

三月×日

鈴木宗男氏の証人喚問のテレビを観る。野党の詰問も、もひとつ迫力に欠け、宗男氏はしきりに反省してみせるが、謝罪の言葉は一つもない。限りなく疑惑が深まっているのに決定的な追及もない。いつでもこういう場面は、予想がはじめからついていて、うやむやに終ってしまう。野党は議員辞職まで追いつめるといっているが、どうなることか。

京都もめっきり暖かくなった。梅は咲ききり沈丁花が盛りで空気が香わしい。毎日のように出歩いているので、仕事が一向に進まない。

生きる

何事にも捉われない
自由な境地に
いつも心を置くべきである。

31号　巻頭言　水鳥のゆくもかへるも

曹洞宗の開祖道元禅師は仏教以外の文学を出家者は拒否すべきだと教えられたが、自分は死ぬまで和歌をたしなんでいた。

水鳥のゆくもかへるもあとたえて
　されどもみちは忘れざりけり

という歌を見ても、自然に素直に自分の感懐を歌っていて、おおらかである。

歌の意味は。水鳥は水の上を自由に往来しているが、その道は通った後、何のしるしもつけているわけではない。いつでも自由に好きなように渡っているが、それが正しく道にかなっていて、岩や舟にぶつかったり、仲間と衝突したりはしないということで、自然に備った智慧で鳥は自在に動いているということである。

人間の智慧もこういうもので、あまり一々ものごとに捉われたり、杓子定規にしようとすると、かえって身動きがとれなくなる。

この歌には題がついていて、「応無所住而生其心」とある。

「まさに所住するところ無くしてその心を生ず」と読む。金剛経の中の聖句である。

何物にも捉われない自由な境地にいつも心を置くべきだという意味で、それを道元禅師はもっとわかり易く歌にされたのである。

人間の一生は夢か幻のようにははかないもの。来年も生き続けるとは考えずに、今日を懸命に生きること。

『一言芳談』に、敬仏房の言として、

「あひかまへて、今生は一夜のやどり、夢幻《ゆめまぼろし》の世、とてもかくてもありなんと、真実におもふべきなり。後世《ごせ》を思ふ故実には、生涯をかろくし、生きてあらんこと、今日ばかり、たゞいまばかりと、真実に思ふべきなり」

とある。

この人間の一生は、旅の途上の今夜だけの宿のような短いもので、夢か幻のようにはかないものである。そのことをよくわきまえて、どっちみち、そういう、短いはかないものだということを、しっかり考えておくことである。

死後の幸せを思うことについて。一生を無欲にして生き、生きていられるのは、今日だけの命で、今、この時ばかりの命だぞと、常に本気で考えるべきである。そう考えるならば、この後に、この世でおこる様々ないやなことや辛いことも辛抱することが出来て、来世を祈る仏へのお勤めもよく出来ようというものである、と書かれている。

自分は三十余年、この考えをもって生きてきたので、この考えに助けられて、今日まで悪いことをしでかさずにすんできた。

命は今年しかないと思って、来年も生きつづけるとは考えなかった。そして、現在の自分はもう老年だと思い、もう今日だけしか生きられないのだと考えるのである。

出家者にとって、何よりも大切なのは、無常ということを考えることである。

私たちは生れた瞬間から、死ぬ日に向かって、一日も休むことなく歩きつづけているのです。

つひにゆく道とはかねて聞きしかど
昨日今日とは思はざりしを

在原業平の歌です。辞世の歌です。業平は、平城天皇子阿保親王が父で、母は桓武天皇の皇女伊都内親王ですから、れっきとした皇族でした。『日本三代実録』には、

「業平は、体も顔も美しくて閑雅な人物で、行動は気ままで、人目を驚かすような行為をする。才学はなく、和歌を見事に作った」

とあります。ここでいう才学とは、官人としての漢学の勉強などのことです。天性の歌人で、恋多き人で『伊勢物語』の、昔男ありけりの主人公として知られています。

奔放自在に生きた業平が五十六歳で死ぬ直前、こんな想いであったとは、感慨があります。

「いつかは必ず往く死出の道とは前々から思っていたけれど、まさか、自分の死が、昨日今日に訪れるとは考えてもいなかった」

という、実に素直な述懐です。

死というのはあらゆる人間に課された平等な、さけ難い運命で、人は生れてきた瞬間から、死ぬ日へ向って、一日も休むことなく歩きつづけているわけです。一年の終りに当って振りかえれば、この一年に、何と多くの、愛する縁のあった人々の死を見送ったことかという感慨に打たれます。死ぬ日に向って、なぜこの世に生かされているのかを真剣に考えるのが、私たちの今日であり、明日であるのでしょう。

過去を追うな。
未来を願うな。
今日一日を精一杯生きろ。

「過去を追うな、未来を願うな、過去は過ぎ去ったものであり、未来はいまだ到っていない。現在の状況をそれぞれによく観察し、明らかに見よ。今なすべきことを努力してなせ」

インド・原始経典『中部経典』より。

時は一瞬も止まらず続いている。人の生もまた一瞬も止まらず過ぎていく。せいぜい長く生きて百年そこそこの人生である。

その間に私たちは、何をしたいと思うだろうか、何を得たいと願うだろうか。

愛し愛される人が欲しい。子供が欲しい。家庭が欲しい。家族が平和に暮らせる経済的ゆとりが欲しい。夏は涼しく、冬は暖かい家が欲しい。世の中で認められ、名誉が欲しい。権力が欲しい。人間の欲望は限りなく、次から次へとつのる一方である。

明日は雨が降るか、地震になるかといくら心配したって、明日にならなければわからない。天気予報だって当り外れはある。

取越苦労はエネルギーの無駄だ。何より大切で確実なのは、生きている今日を、一日悔なく精一杯に生きることである。仏教は無常を説く。自分自身が無常で、明日生きているかどうかさえわからないのだ。今この瞬間を「切に生きる」ことが、一番確実な生である。

精一杯力を尽して生き抜いて、自分の生が何かしら少しでも人のため、世のためになる生き方をするのが、人生のつとめである。

「いまだ生を知らず、いずくんぞ死を知らん」

孔子の『論語』の言葉。原文は「未知生　焉知死」である。

「死んだらどうなるかと聞かれたって答えようがない。まだ、生きるということがどういうことかわかっていないんだからね」

極楽や地獄がほんとうにあるんでしょうかとよく聞かれる。私はまだ一度も死んでいないので、あるともないとも証明出来ないと答えている。

孔子は、死後のことをあれこれ想像して思い煩うより、今たしかに生きている今日の、今の一瞬を精一杯に生きぬくことが先決だと教えているのである。

また孔子は同じ「論語」の中で、「老いて死せざるこれ賊と為す」と凄いことも言っている。「老而不死、是為賊」という原文である。

年をとれば、自然の法則に従って、人は死ぬものである。老人になって体も衰え、意欲も減退して、ただ為すこともなく生きているだけに執着するのは世の中のためにはならないという。賊という強いことばでそう断言する。

孔子の言っているのは、人生とは精一杯力を尽して生き抜いて、自分の生が何かしら少しでも人のため、世のためになる生き方をするのが、人生のつとめだと教えているのである。

誰かのために自分の命が輝くことが、人と生れた生甲斐であろう。

春の種を蒔かずに、秋の美味しい果実を得ようというのは、虫が好すぎる。人間は、いつでもいい結果が欲しければ、それを手に入れるために、あらゆる努力をしなければならない。

春の種を下《くだ》さずんば、秋の実いかに穫《え》ん。

弘法大師（七七四〜八三五）。『秘蔵宝鑰《ほうやく》』上巻のことば。

春の種を蒔かないならば、秋の実の収穫は絶対にない。

空海が人間精神の発展の段階を十に分類して、その下から二番目の心（愚童持斎心）を説いた中にあることばである。

春の種を蒔かずに、秋の美味しい果実を得ようというのは、虫が好すぎる。人間は、いつでもいい結果が欲しければ、それを手に入れるために、あらゆる努力をしなければならないということだろう。

人間はともすれば、目の前の快楽を追いもとめ、苦痛をともなう精神努力を逃れたがる。釈尊も、最後の遺言として弟子たちに、

「勉めよ、勉めよ」

と教えられている。空海は生れながらの天才であった。その空海でさえ、人の何倍かの努力をして、あれほどの偉業を残したのである。凡人の私たちが精神努力しないで、何が得られよう。

人は一人では生きられない。他人と共に生きるしかない。他との摩擦をさけて通りたければ、他者の考え方や、欲していることに理解がなければならない。互いにゆずりあうところに和が生まれ、他者の利益にも報いてくる。

他を利するとは即ち自らを利するなり

インド、ナーガルジュナ（龍樹《りゅうじゅ》・一五九～二五〇ころ）の『十住毘婆沙論《じゅうじょうびばしゃろん》』による。他利即自利。

私たちは社会の中の一員として生きている。他人と共に生きるしかない。人は一人では生きられない。他との摩擦をさけて通りたければ、他者の考え方や、欲していることに理解がなければならない。自分だけの意見を正しいと思いこみ、一切他者の意見に耳をかたむけなければ、他から頑固者とされ一人仲間外れにされてしまう。

仏教の基本の考えは、みんなが平等に仲よく生きていく世の中をもたらすことである。

それには、他者の心や立場を思いやって、自分の我を通そうとしないことである。互いにゆずりあうところに和が生れる。他者の利益にも報いてくる。

物事を正しく見極めることは難しい。疑って見たり、色めがねで見たりすると、誤ってしまう。ひいき目に見ても、物事の正確さを欠いてしまう。対象を正しく、はっきりと見極めることは案外難しいのである。

201号　今月のことば　了了として

了了《りょうりょう》として分明《ふんみょう》に見る。

中国・隋、天台智顗《ちぎ》（五三八〜五九七）の『摩訶止観』巻七下にあることば。

はっきりと見る、と言う意味。

何事も、物事を、はっきり見るということは、簡単なようで、なかなか難しい。仏教では八正道の第一に正見《しょうけん》、物事を正しく見るということをあげている。疑って見たり、色めがねで見たりすると、誤ってしまう。ひいき目に見ても、物事の正確さを欠いてしまう。対象を正しく、はっきりと見極めることは案外難しいのである。よく口上手な詐欺師にひっかかってしまう例が多い。身よりの少ない淋しい老人などは、ちょっとやさしいことばをかけられると、相手の正体が正しく見えず、なけなしの貯金を奪われる例も多い。智顗は、世の中の物事は、空、仮《け》、中で成立しているので、その関係をあるがままに諦観せよと教えている。

人間社会の中で個人は生きている。生かされている。人と人との間に生きているから人間なのです。

202号　今月のことば　人と人との間に

人と人との間に生きているから「人間」。

第二五三世天台座主だった山田恵諦《えたい》大僧正（一八九五～一九九四）のことば。自選著作集『山田恵諦の人生法話』（下）にある。

その文を写せば、

「人間社会の中で個人は生きている。生かされている。人と人の間で生きるから人間なんです。人と人との間にはさまっている仲間のひとりが自分であるという意識が人間性です。いじめの問題、自殺の問題、すべて人間が孤立化してしまい、複数の中で助け合うのが人間であることを忘れたところから起こってくる」

仏教とは何であるかといえば、完成された人間になるということ。それが仏。仏になるために修行を続ける。仏教の根本教義とは完成された人間になるということです。完成された個人よりも完成された人間を目指す。人と人との間に生きる社会的な人間としての完成こそが理想です。

自然の中に生きる運命にある人間は、はかり知れない夢幻の自然を克服しようなどと思わず、自然の偉大さに融合するよう心がけるべきである。

228号　今月のことば　好雪片片《こうせつへんぺん》

好雪片片別処に落ちず。

中国・唐、龐蘊《ほうおん》（生年不明～八〇八）の言葉。『龐居士語録《ようきょしごろく》』にある。

何とみごとな雪だろう。一ひら一ひらが自分の落ちるべき場所にぴたりと落ちている。他所には落ちない。

雪は静かに降るのを暖かくした部屋から眺めている時など、実に美しく静かに感じられる。雪景色も清浄で美しく、詩人は思わず、詩を作りたくなる。絵かきやカメラマンは雪景色を写そうとする。けれども一度、自然が怒ると、豪雪は家を倒し、なだれは人を呑みこみ、死人やけが人が生じる。

自然の中に生きる運命にある人間は、はかり知れない無限の自然を征服しようなど大それたことを思わず、自然の偉大さに融合するよう心がけるべきなのである。東洋の思想には自然と一体になろうとする考え方がある。

教えを学ぶよりも、自分自身が何者であるかを見きわめることである。自分を知らなければ、何事も前進することは出来ない。

教をえらぶにはあらず、機をはからうなり

法然（一一三三〜一二一二）の言葉。『要義問答』より。


教えを選ぶのではない。まず仏教についての自分の素質能力を見きわめることだ。

法然は一切経を何度も読破した勉強家で、「知恵第一」といわれた秀才であった。

その法然が、仏教徒として、どうあるべきかを考えた時、色々な教えを学ぶよりも、まず自分自身が何者であるかを見極めることだと悟った。

その結果として、自分はどうしようもない煩悩にまみれた凡夫であると思った。そこから、他力本願の信仰が生れたのである。誰でも自分を直視することは厭なことである。自分の愚かさ、醜さに気づくからだ。

しかし自分を知らないでは、何事も前進することが出来ない。

生れてしまった以上、必ず死というゴールの約束された生を力一杯、一瞬、一日をいかに精一杯に生きるかを考え努力すべきである。

死は生に依りて来たる。吾れ若《も》し生ぜざれば何に因《よ》りてか死有らん。宜しく其れ生にて初まるを見、死にて終わるを知るべし。応に生を嘆くべし。死を怖る勿《なか》れ。

中国、随の吉蔵（五四九〜六二三）著、『死不怖論《しふふろん》』
吉蔵即ち嘉祥大師が最晩年の死に臨んでの一文である。

生があれば必ず死がある。われわれが生れなかったなら、どうして死があるだろうか。
人間の一生は、生に始まり死に終わるという事実をよく認識すべきである。だから死を怖れるより、生を悲しむべきである。
生れてしまった以上、必ず死というゴールの約束された生を力一杯、一瞬、一日をいかに精一杯に生きるかを考え努力すべきである。

いったい自分は
どこからこの世に来て、
どこへいくのだろう。

259号　今月のことば　ひとの生《しょう》をうくるはかたく

ひとの生をうくるはかたく
やがて死すべきものの
いま生命《いのち》あるはありがたし
正法《みのり》を耳にするはかたく
諸仏《みほとけ》の世に出づるも
ありがたし

『法句経』（ダンマパダ）一八二番より

人間は生れて育って毎日食べて寝て、それが当り前と思っています。よほど大病にかかって、死を予告された時とか、思いがけない災難に見舞われて、家を失ったり、両親と死に別れたりした時に、いったい自分はどこからこの世に来て、どこへ行くのだろうかと、自分の生死《しょうじ》の神秘さに思いをこらすのです。

人間に生れ、今命があり、生きていることがありがたいのです。しかもその命は必ずいつか死ぬ運命を持っている。だからこそ、今生きているのがありがたい。短い生涯に仏法の教えを耳に出来るのもありがたい人生です。

尊い教えを始めて下さったお釈迦さまがこの世に生れて下さったのも、またありがたいことです。このありがたさをかみしめて、一日、一瞬を生きてゆきましょう。

自分の体は自分にとって極めて手ごわい大敵である。体が病気になれば、心がいくらはやってもしたいことが出来なくなる。節制して鍛えなければ、体はたちまち病いを招く。

身は大敵なり。暫くも油断することなかれ。

至道無難（一六〇三〜一六七八）のことば。『至道無難禅師法語』より。

自分の体は自分にとって極めて手ごわい大敵である。それだからいつでも、ほんの少しも油断をしてはならない。

これは無難が門弟に対して語った法語だから、弟子たちへの教訓である。別のところでは「仏は心である。地獄は身体である。身体の悪を仏の前にさらけ出すがよい。身体の悪が消えると清浄になる」ともいっている。

禅では身と心は一つとして修行させる。

体が病気になれば、心がいくらはやってもしたいことが出来なくなる。節制して鍛えなければ、体はたちまち病いを招く。たしかに体は大敵である。

われわれは、他の力を借りず、一人だけで生きていくことは出来ない。生きていく上で、恩を知ること、恩を感じることは、人として当然のこと。

一切の男子は是れ我が父なり、一切の女人は是れ我が母なり。一切の衆生は皆是れ我が二親、師君なり。

平安、空海（弘法大師・七七四〜八三五）著、『教王経開題』より。

われわれは、他の力を借りず、一人だけで生きていくことは出来ない。生きていく上で、恩を知ること、恩を感じることは、人として当然のこと。すべての男性は自分の父であり、すべての女性は自分の母、つまり、すべて命ある者は、自分の両親であり師であるから、自己以外の者に共感と思いやりを持ち接することで、人生がより豊かになると空海は説いている。

一心に強く、
深く思い願えば、
必ずいつかは成し遂げることが出来ます。

切に思うことは　必ずとぐるなり
強き敵、深き色、重き宝なれども
切に思う心深ければ
必ず方便も出で来る様あるべし

道元（一二〇〇〜一二五三）『正法眼蔵随聞記』

一心に強く深く、思い願うことは、必ずいつかは成し遂げることが出来ます。

どんなにてごわい強い敵でも勝つことが出来ます。

どれほど上等の高価な宝でも、一心にそれを手に入れようと思えば、必ず、その方法が見つかり、手に入れることが可能なのです。

長生きしたければ嘘をいうな。嘘をつくとそれをごまかそうとして、ちょっとしたことにも嘘がばれないかと心をくだきます。人は心さえ労さなければ、長生きが必ず出来ます。

294号　今月のことば　人は長生きせんと思えば

人は長生きせんと思えば
嘘をいうべからず
嘘は心をつかいて
少しの事にも心を労せり
人は心気だに労せざれば
命ながき事疑うべからず

夢窓国師疎石（一二七五～一三五一）のことば。

長生きしたければ嘘をいうな。嘘をつくとそれをごまかそうとして、ちょっとしたことにも嘘がばれないかと心をくだきます。人は心さえ労さなければ、長生きが必ず出来ます。

夢窓国師（疎石）は中世の禅僧として傑出していました。また作庭の名人としても知られています。京都嵐山の天龍寺の庭は夢窓国師の作として有名です。

長寿の秘訣として教えた国師の言葉です。

四月×日

今年はじめての天台寺法話。去年はこの日、雪が降ったことを思い出す。今年も境内一杯の人で埋まり、笑い声が賑やかにはじける。

前日仙台で結婚式があり出席し、その足で天台寺へ入った。仙台はまさに桜の花盛りだったが、天台寺はまだ庫裡の窓の外には窓わくまで、残雪が壁のようにつみあげられていた。

天気予報は朝から雨ということだったが、朝早く天台寺の長慶天皇のお墓へお詣りして、雨を降らさないで下さいとお祈りし、本堂の観音様にもお願いしたら、ああら不思議や、法話が終るまで、曇ってはいたが、雨は一滴も降らなかった。

境内一杯の人々もはじけるように笑い声を出し、楽しんで聞いてくれた。世の中、暗いことばかりなのでみんな笑いに飢えているのだろう。

三ヵ月ぶりで逢う人も多く、みんな元気なのが嬉しい。深刻な身の上相談もあり、本のサインも三百冊くらいして、さすがに疲れきった。それでも明日の寂庵の花祭りには出たいので、夕方の飛行機で帰洛する。寂庵についたらもう十時近くになっていた。

四月×日

今年は桜の咲くのが早くて、三月中頃には寂庵の大しだれは満開になってしまった。

一日の写経の日にはどうにか咲いていたが、花祭りは今年は花なしかと心配していたら、もう一本のしだれと、源平咲の桃が一緒に咲き、しゃくなげが例年より早く咲きそろい、山吹も紫木蓮も、ぼけも、いつもよりずっと花をつけ、すっかり華やかになった。

花御堂も、竹美さんがきれいに飾ってくれ見事に出来上がった。自慢の甘茶もたっぷり沸かした。早くから開いた門をくぐって、続々とお詣りの人がつめかける。何の宣伝もしていないのに、寂庵の花祭りが、こんなに多くの人に待たれていたのかと嬉しくなる。法話もして、花びらを撒く。

法藏館の社長の西村さんが見えて、子供に読んで聞かす仏教の本の打合わせをする。

私はいつかそういう本を書きたいと思っていたのを、西村さんにちょっと話したら、やりましょうという話になった。

小さな子供におかあさんが読んで聞かせるやさしいうつくしいお釈迦さまの話は、きっと子供の頭よりも、情の中にしみこんで残るのではないだろうか。絵本でもいいのだけれど、私としては読めるお話を書きたいと思う。それも全集が出終って、新作能とオペラの約束を果たした上でのことだ。それまでは生きていなければと思うのが体にいいのだろう。

四月×日

このところ、寂庵へよく来ていた人たちがばたばたとつづいて病気になる。一人は手術をしたし、一人は入院中だし、もう一人はこれから手術をするかどうか検査中だという。

揃いも揃って、慌てて右往左往しているのは我々周りの連中で、御当人たちは、不気味なくらい泰然自若として、覚悟がいい。

「いつも寂聴さんからうかがっていたこれが無常で、定命のお話もこの日のためだったのでしょう。自分でも気持が悪いくらい落着いているのですよ」

という、手術をしたMさんは、葬式の仕方から、写真から、お墓のことまですっかり遺言して、さっぱりした顔をしている。

「そんな度胸のいい人は閻魔さまから追い返されるのよ」

といったら、

「それも風流ですね」

と涼しい顔をしている。

みんなみんな早く治ってほしいと、その人たちのために一枚ずつ写経をする。

四月×日

宇治市長、宇治の源氏物語ミュージアムの新館長が見える。そのあと徳島県立文学書道館のデザイナーが、出来上がり図面を見せに来てくれる。

徳島県前知事の汚職事件で、どうなるかと心配したが、幸い、新知事の立候補も出揃い、誰が知事になっても予定通り、秋の開館はまちがいないという。

問題の文学館の内部の見取図だが、見事に描かれていて、まるで内部に立っているような錯覚をおぼえる。

「まあ、こんなに立派なら、もっともっと、運びこみましょう」

と思わず言ってしまう。

四月×日

書きおろしにここ数日没頭している。

これが仕上がれば一息つけるが、まだ新作能とオペラがつかえているので休むことは出来ない。

締切に追われるのは切ないが、締切が将来に待っていていてくれるのは、物書きとしては実に有難いことだ。死ぬまで頭がボケませんように。

四月×日

『真珠の小箱』のテレビ、東大寺についてのインタビュー、寂庵の庭で撮る。まだ花が降りしきる中で、赤い傘を立てた下で撮り、風流なものだ。

はじめて『真珠の小箱』に出て、奈良の白毫寺や近所の寺を巡った日を思い出す。あれからもう四十年以上も過ぎているのだ。あの日、着ていた薄紫と白の絽の着物と博多帯をはっきり覚えているから、あれは夏だったのだ。

あれからだって何と長い歳月を生きてきたことだろう。何とおびただしい仕事をしてきたことか。

東大寺の大仏さまの大屋根修理中に、大屋根に登らせてもらって、そこから拝んだことがある。

目の前に大仏さまの大きな大きなお顔がぬっと出ていて、高い鼻がきわだっていた。切れ長の目の大きかったこと。

おそらく、あんな大屋根の上から、大仏さまと近々と顔をつき合わせた人は、工事する人の他には私以外いないだろう。

また、守屋管長の晋山式の時は参列させていただき、大仏さまの左のお膝の直近に坐らせていただいたことも思い出した。仏法が日本に伝わって千五百年になる。それにしては日本の仏法の地に堕ちたことよ。

それでも春のお水取など、東大寺へお詣りすると、脈々と伝えられている祈りの形が巨大な火の瀑布となって降りそそぎ、全身が霊気にしびれるからすばらしい。テレビのスタッフたちは、寂庵の静寂と花の美しさにご機嫌だった。

四月×日

久しぶりで上京、『クロワッサン』の仕事をホテルでこなした後、美輪明宏さんの『卒塔婆小町』と『葵上』を観る。美輪さんダイエットして、顔など小さく、全身ほっそりとして美しかった。相変わらずの熱演。楽屋を見舞うと、とても優しい。

四月×日

梅原猛さんの新作狂言『クローン人間ナマシマ』を観る。ナマシマは野球の長嶋さんをもじったもの。クローン人間ナマシマが七人生まれ、てんやわんやで大爆笑。前作『ムツゴロウ』と同じ茂山一座の総出演。衣装は横尾さんのケッサク。

五月×日

母校徳島県立徳島高等女学校、現在の城東高校の百年の記念祭が行われることになって、私にその百年祭の会長をせよと申しつかった。母校のための最後の御奉公かと思い、引き受けたら、その会のための寄附を卒業生に請う手紙も、会長の名前で書けと命じられてしまった。この不景気の世の中、そんなお金が集るものかと思ったが、必要だというので、私はそれを書き発送した。わずか四ヵ月の間に六千万円余りの寄附が寄せられたというので、まずはほっとしたが、会長としてもそのままではすまないと思い、一千万円を寄附し、それは寂聴奨学金としてもらった。成績のいい生徒を対象にせず、この不況の時代に、親の失業などで、学業がつづけられない生徒に出してもらうことにした。使った分は、私が生きている限りは補うという条件をつけた。それで、たちまち、誰かの学業がつづけられる役に立つとかでよかった。

その大会のため、前日帰郷したので、気がかりになっていた義兄を病院に見舞ったら、私の声を聞いて、目をあけた義兄が、その場で息を引き取ってしまうという事件に遭った。もう長い入院生活をして、最近は、口から食事が出来なくなり、意識のある時は安楽死させてくれと、病院を困らせていたという。自分であらゆる装置を引き抜こうとするので、ベッドにしばりつけられていた。

九十二歳の長寿を全うしたので、まあ、年齢に不足はなく、六十六歳で先に死んだ私の姉より、長命を愉しんだ面もあったが、姉の死後は淋しく切なかっただろうと察しられた。その突然の死は、私を待っていたようで、両親と姉の死目に逢えなかった私としては、せめて義兄の死目に逢えただけでもよかっただろうか。その夜は身内の通夜で、翌日の公の通夜は、百年祭の行事で朝から、夜八時半まで拘束されていたので欠礼した。

百年祭は予期以上の大盛会で、私の記念講演も無事終わり、夜のパーティーもつとめた。

翌日が引きつづいて義兄の葬式となった。

それもとにかく、とどこおりなく終え、帰洛したら、さすがに疲れが出た。

五月×日

源氏物語ミュージアムのため、嵩山堂《すうざんどう》に、貝合せの桶があるというので買いにいったら、それは本物でなく、小さな飾り物だったので、がっかりした。方々の古美術商にも頼んであるが、需《もと》める人は多いのに、桶は全く出ないという。こうなっては新しいのを造るしかないだろう。貝は私が描いたものをいれるので、要らないのである。

五月二十八日から開催する日本橋三越の「――瀬戸内寂聴と新たな展開――『源氏物語』の世界展」の打ち合わせにNHKサービスセンターと講談社の人が来る。歌舞伎やお能の衣装も出て、ホリ・ヒロシさんの人形十体も出品という大掛かりなものになるらしい。

源氏物語は廉価な新装版が今度十巻完成したので、その記念展でもある。いつまでつづく源氏ブームかと、空恐ろしくなってきた。
私の手書きの毛筆原稿の出来ぐあいを、彼等はたしかめに来たのである。これは写経より骨が折れる。

五月×日

天台寺祭、心配したが、天気はよくほっとした。今年は副住職菅野澄順師の御披露も兼ねているので、格別の心入れで、檀家もはり切っている。とにかく、人また人の波で、境内は、一万二千人あまりの人たちの熱気でむんむんする。御輿車も無事に巡り、子供たちの太鼓の奉納、花祭りの甘茶の接待、稚児さんの行列と、すべてとどこおりなく終えた。
檀家の人たちで副住職の歓迎会もして、今年、春の例大祭も終った。有難いことである。

五月×日

盛岡からやまびこで東京入り。パレスホテルで、『ａｎ・ａｎ』の著者インタビュー、『いま、いい男』について。

五月×日

外国特派員協会で講演。三年前源氏の全集の終了したあと、出席したが、外国人が多く、源氏についての面白い質問が多く愉しかったが、今年はほとんどが日本人で、淋しかった。

外国人の記者たちは日本より、韓国、中国の方へ行ってしまったと聞く。ますます淋しくなる。それはもう彼等には日本が魅力もないし、美味しいところがなくなったということか。

そこから日銀へ向かい、インタビューに応じる。はじめて日銀の内部を案内してもらい、その旧い西洋館のいかめしさに圧倒された。

そこから歌舞伎座にいき、松緑襲名興行を観る。応援の新之助がまた咽喉を痛め、入院中で休演なのでがっかりする。

新松緑の熱演ぶりはさすがだった。弁慶は実に力がこもっていて、すばらしかった。富樫の菊五郎が、上品で気品があり、すっきりとして、よかった。何人もの富樫を観てきたが、今日の富樫が一番よかったと思う。

新松緑の楽屋見舞をする。若い新婚ホヤホヤの奥さんが案内してくれたが、感じのいい美しい人だ。辰之助改め松緑が、祖父をしのぐ大きな役者になってくれることを期待する。

その後、『かきおき草子』の打ち上げ会を、アルポルトでする。締切りの度ハラハラさせ通しだったのも、今となってはなつかしいと編集者は優しい人揃いだ。苦楽を共にした編集者は肉親よりも親しいし、密度の濃い間柄になる。作家は停年がないが、編集者は定年後、それぞれの故郷に帰ったり、大学の講師やカルチャースクールの講師になったりする人も多い。次第に消息が不明になっていく人が多いのも淋しい。

一つの仕事が終って、関係の編集者とゆっくり逢えるのは、私たちだけにしかわからない楽しい時間である。

五月×日

有馬稲子さんの源氏物語の朗読会がホテルであるのを聴きに行く。東京の博品館で源氏物語の朗読がはじまってはや三年になる。大女優、ベテラン女優、新進の若い女優、それに有名な声優などが、毎日それぞれ好きな場所を選んで競演するのが、予想以上に当って、評判になっている。最近、朗読のブームが起こってきた一因をも担っていると思う。有馬さんは最初から参加していて、葵の巻を演じてくれている。回も追う毎に力が入り、六条御息所の苦しさを骨で感じるようになり、いつも涙で頬を濡らしながら熱演してくれる。今日のもすばらしい出来であった。

六月×日

六月の天台寺法話、何ということか、大祭でもないのに参詣者が来るわ、来るわ、午後一時からの法話なのに午前八時頃から上ってきて、もう十一時頃はびっしり境内が埋まり、一万人越した五月大祭よりもっと多く、一万二千人は超えている。これからこうしてますます多くなるなら、やはり午前、午後二回にするしかない。副住職の菅野澄順さんに、早く護摩をたいてもらうよう計画する。一万枚の護摩がたける護摩堂の建立を急ぐことにする。とにかく、今度は多くの人々の御協力をお願いして、みなさんのお力で建てたいと思う。早速その話を法話でして心からお願いしたら、終わったらどっと建立のためのお布施基金が集まった。

引きつづき郵便為替でお願いするよう手配をする。あんまり参詣人が多いのでたちまちトイレを増設しないとどうにもならない。止めてもみんな本堂の縁に入りこむので老朽化した縁が落ちたらどうしようと心配でならない。ただし本堂は重要文化財に指定されているので、勝手にこちらでいじるわけには行かない。みんなが家に帰りつくまで、どうぞ怪我人もでず無事でありますようにと祈っている。

寂庵のメールに、どこかの若者が「天台寺の野外ライブの日はいつですか」と訊ねてきたのにには笑ってしまった。ま、いいか。何のノリでもいい。人が詣ってくれることで一人でも仏縁を結んでくれることが有難いのだから。

六月×日

五月三日に遷化された大原の魚山実光院の天納傳中師の本葬が、四十九日を前にして行われた。実光院は、三千院の斜め右前にあるお寺で、律川の橋を渡るとすぐ道の左手に門がある。大原は、日本の声明《しょうみょう》の発祥地である。声明とはキリスト教のグレゴリオ聖歌のようなもので、お経に節のついたもの。各宗派の声明の発祥地は中国の魚山という山なので、日本でも、大原は魚山三千院、魚山実光院と山号に魚山がついている。

川も呂川、律川があり、これは呂律が回らないと使われているように、声明の節回しのことである。音階とでもいった方がわかり易い。天納師は声明を世界に広めて公演した方で、日本でも声明が一般に知られたのは、積極的に公演した上、声明を学問的にも研究され、多くの本を書かれているし、ＣＤに吹きこんだりされた活動による。それらの功績で二〇〇〇年に、京都府の文化功労賞も受賞されている。

私は出家後、天納先生にお経のあげ方や声明の手ほどきを受けたので、恩人であり、師でもある。そんな御縁で、本葬に弔辞をささげさせていただいた。この日は梅雨のさ中なのに天気晴朗で、参葬者は大原をうめつくし、盛大なお葬式となった。温厚慈愛のお人柄で誰にでも慕われる徳を具《そな》えていらっしゃった。天台宗にとっても、私個人にとっても、掛け替えのない大切なお方を失ったという喪失感で、がっかりしている。

六月×日

『ミセス』の対談のため川瀬敏郎さんが来庵された。川瀬さんの来庵はこれで二度めである。何しろ、あの好悪の感情のきっぱりした白洲正子さんが、唯一、現代の中でこの人一人を、真正の花人とお墨付を発した天才である。

今年五十四歳、眉目秀麗の貴公子である。私は初対談の時は、年齢など聞いていなかったし、それまで時折見ていた写真の川瀬さんは、若々しいスタイルなので、てっきり三十代の後半くらいに思っていた。万事そそっかしいので、時折私はとんでもない感ちがいをする。第一回は最近出版された『今様花伝書』(新潮社)についての対談だったので、こちらもとても緊張していた。第一、寂庵の花をどう飾っておくかである。いつも花を活けてくれる花屋さんに客は川瀬さんだといったら、いつもより緊張して活けてくれた。川瀬さんはその花々をちらりと見て、何もいわなかった。二度めはもう破れかぶれで、私が勝手に活けておいた。あまりひどいと思ったら直してくれるだろうと思ったからである。

対談の仕事が終ったあと、しばらく残っていただき、よも山の話をした。もうすっかり旧い知己のように遠慮がとれて、十年も前からの友達のように親しい仲になった。

生きていると、いつ、どんな嬉しい出逢いが、死ぬまでにあるかわからない。

六月×日

日本橋三越の源氏の展覧会が大変な大入りで、毎日人が増えているという。無事に終って三越から感謝状が届いた。もう何度も展覧会をしているので私は人が入るかと心配していたから、短期に六万二千人も入ったと報告されてびっくりした。

六月×日

梅雨に入ったのに、あんまり雨がふらない。一日ふったら三日晴れるという調子である。笹百合がいつの間にか終り、今度は桔梗と紫陽花が美しい。

雨が降る度庭の苔がまっ青になっていきいきしてくるのが実に目に鮮やかだ、苔は生きているのだとつくづく思う。

沙羅の花が咲いては散っている。

六月×日

来る来るといって予告してはお流れになっていたショーケンこと萩原健一さんが、奥さんの由紀ちゃんと二人で来てくれた。はじめて逢った由紀ちゃんは、とてもしっかりした可愛い人で、ショーケンはこの若い奥さんにすっかり頼りきっている。二人はけんかすると由紀ちゃんの方がショーケンをぶんなぐったり、けとばしたりしてずっと強いそうだ。そんな話をして二人でゲラゲラ笑っている。まあ一安心というところか。

ショーケンはダイエットしてきりっとしまり、また一段といい男になっていた。

苦しみ
悲しみ

悩みも苦しみもすべて、自分の心からおこることである。人間の胸の奥に無明《むみょう》という闇があって、そこからすべての煩悩がおこる。苦や悩みを滅するには無明をなくし、明るくすればいい。

157号　今月のことば　心の師とはなるとも

心の師とはなるとも心を師とせざれ

自分の心を統御する先生にならなければならぬ。決して、ほしいままに遷《うつ》り変る心を、自分の先生として従うことがあってはならない。

日蓮（一二二二〜一二八二）の池上氏にあてた書状、『兄弟鈔』にある。

これは『六波羅蜜経』にあることばである。

世の中が乱れに乱れ、最近、しきりにあちらでもこちらでも「心の時代」という語がはやっている。すべての悩みも苦しみも自分の心からおこることである。仏教では人間の胸の奥に「無明《むみょう》」という闇があって、そこからすべての煩悩がおこると説いている。苦や悩みを滅するには「無明」をなくし、明るくすればいいというのが釈迦の悟りであった。「無明」は心の無智をさす。

無智の心の欲望の命じるままに行動するなということである。

煩悩もまた心の迷いである。煩悩のおこる心を自分の理性と智慧で制御していくことが大切である。

憎いと思うのも可愛いと思うのも自分の心の勝手な思いこみである。心の思いこみを妄想と呼ぶ。

「莫妄想《まくもうそう》」という禅語も、このことをさとしている。

悩みたくないと望むならば、
今、悩みなさい。
思いわずらいたくないと望むなら、
今、思いわずらいなさい。

185号　今月のことば　煩悩せざらんことを

煩悩せざらんことを要得《ほっ》せば、如今須《いますべか》らく煩悩すべし。
思量せざらんことを要得せば、如今須らく思量すべし。

悩みたくないと望むなら、今、悩みなさい、思いわずらいたくないと望むなら、今、思いわずらいなさい。

中国・宋の大慧宗杲《だいえそうごう》（一〇八九〜一一六三）の『大慧普説《だいえふせつ》』第四巻のことば。

息子を亡くした宰相の湯思退《とうしたい》に大慧が語ったことばである。世の中に苦しみ悩みは数々あるが、子に先立たれた逆縁ほど、親にとって悲痛なことはない。宰相といえども、親の嘆きは同じである。大慧は子を失った悲しみにもだえている湯思退に向かって、あなたが悲しいのは当然だから、今、存分に泣きなさい。泣いて泣いて泣きつくしなさいと言った。おそらく自分も一緒に泣いたであろう。ありきたりの言葉で慰めるより、こう言ってくれる方が逆縁に悲嘆している親にとっては大きな慰めになったであろう。

私の眼の色に
たたえられた悲しみが
あなたには見えませんか。

１８９号　今月のことば　君看《み》よ　双眼《そうがん》の色

君看《み》よ　双眼《そうがん》の色、語らざれば憂い無きに似たり。

良寛（一七五八〜一八三一）のことば。『良寛全集』より。

あなたよ、私の両《ふたつ》の目をよく看（見）て下さい。黙して語らない私の両眼の色を、憂いのない人の眼色と見ますか。

良寛が人から揮毫《きごう》を頼まれると、好んでよく書いた句だという。良寛は元来無口の人だったが、喋らない自分の眼の色にたたえられた悲しみがあなたには見えないのかという強い訴えがこめられている。秘められた憂愁と孤独を良寛は常に心に抱いていたのである。

このことばは、自殺した芥川龍之介もまたとくに好んで愛誦《あいしょう》した詩句であった。第一短編集『羅生門』の扉もこの詩句で飾っている。

死は前からくるのではない、気づかない間に後ろに迫っているのだ。人は誰でもみな、いつか死ぬとはわかっていながら、その時がそんなに早くやってくるとは考えない。死を待つことがそれほどに切迫していないうちに、死は思いがけずやってくる。

死は、前よりしも来らず
かねて後に迫れり

兼好法師（一二八三〜一三五〇）の『徒然草』の第百五十五段にあることば。

あとの文章がつづく。前には「死期はついでを待たず」とある。

「人皆死あることを知りて、待つことしかも急ならざるに、覚えずして来る。沖の干潟遥かなれども、磯より潮の満つるが如し」

死は前からくるのではない、気づかない間に後ろに迫っているのだ。人は誰でもみな、いつか死ぬとはわかっていながら、その時がそんなに早くやってくるとは考えない。死を待つことがそれほどに切迫していないうちに、死は思いがけずやってくる。沖の干潟は遠くまでつづいているように見えるのに、海岸からたちまち潮が満ちてくると、まわりは波にとりまかれているようなものだ。

在原業平の歌に、

「つひに行く道とはかねて聞きしかど昨日今日とは思はざりしを」

とあるのも、同じ感慨をうたったものである。

もし一人の人間を殺せば、
人殺しになるが、
戦争で数百万人の人間を殺せば
英雄とほめたたえられる。

もし一人の人間を殺せば、それは人殺しになる。だが数百万人の人間を殺せば、英雄、英雄としてほめたたえられる。女や子供たちを虐殺する爆弾を発明したやつは祝福される。この世界で成功するためには、組織的にやりさえすればいいのだ……。

チャップリン（一八八九〜一九七七）の映画『殺人狂時代』の中のことば。

チャップリンは世界的に有名な映画俳優であり、監督であった。ロンドン生まれ。鼻の下にトレードマークの口髭をたくわえ、古びた服につばのある帽子をかぶり、ステッキを持ったスタイルがチャップリンの定番の扮装だった。喜劇役者だけれど、そのおかしさは哀調をたたえた滑稽で、観客は、何も演じないでも、その独特の扮装としぐさを見ただけで喜んだ。弱者や貧者の悲哀と現代西欧社会の不平等や不幸などへ怒りをこめて表現した。

このことばも戦争への烈しい怒りがこめられている。

現在の苦を堪えしのび乗り越えたあとに、喜ばしい未来がひらけてくるのである。今受けている大難の苦痛も、来世では仏になるための功徳を積むことなので、悦びとすべきである。

我等現《げん》には此の大難に値《あ》うとも後生は仏になりなん。たとえば灸治《やいと》のごとし。その時はいたけれども、後の薬なればいたくていたからず。

鎌倉、日蓮（一二二二〜一二八二）の弟子檀徒一同あて書状。『聖人御難事』のことば。

私たちは現実のこの世でこの大難にあったけれど、後のあの世では仏になることができるだろう。たとえば、灸治をするようなものなので、その時は痛いけれど、すえたあとでは、治療が効いて楽になるので、灸治をすえている時の痛みは、痛いけれど痛くない。

それと同じで、この今受けている大難の苦痛も、来世では仏になるための功徳を積むことなので、悦びとすべきである。

という意味である。現在の苦を耐えしのび乗りこえたあとに、喜ばしい未来がひらけてくるのである。

心が暗ければ、
物事すべてが暗く見え、
明るい幸福は逃げてしまう。

233号　今月のことば　心暗きときには

心暗きときは、すなわち遇うところ、ことごとく禍《わざわい》なり。眼明かなれば、途に触れて皆宝なり。

空海（弘法大師・七七四〜八三五）の『性霊集』第八にあることば。

この世の中には昼と夜がある。太陽の明るく輝く昼は、心もいきいきとして人の働きも活動的になる。

夜、太陽が消え、灯りをつけなければ暗くなってしまうようなときは、心も自然に静かになり、ともすれば、悲しい想い出に囚れたり、物事を悲観的に考えこんでいる。光があるところには必ず陰が生じる。心が暗いと、物事がすべて暗く見え、明るい幸福は逃げていってしまう。幸運や幸福は光が好きなのだ。心が常に明るくプラス志向の人には幸運や幸福が集ってくる。物事を明るく考えて進んでいこう。

男女の間は愛すると同時に苦しみが始まる。男女の渇愛は衰え、変り、減じていくので、それを苦しみ狂乱してしまう。

愛するものから憂いが生じ、愛するものから恐れが生ずる。愛するものは変滅してしまうから、ついには狂乱に帰す。

ウダーナヴァルガ五－二の章である。

ウダーナヴァルガは原始仏典の一つで「感興のことば」といわれている。

原始仏教は、最も初期の仏教を指すので「初期仏教」ともいう。仏陀の死後百年くらいまでの仏教をさす。

仏陀が折にふれ感興にまかせて悟り教えられたことばを集めたものが、ウダーナヴァルガである。

ここに書かれた愛は渇愛のことで、人間の性を伴った愛欲である。釈迦は渇愛を戒め、愛すると同時に苦しみが始まるから、渇愛を断てと教えている。男女の渇愛は、衰え、変り、滅じていくから、それを苦しみ狂乱してしまう。だから愛するなと教えるのである。

一度、天変地異がおこれば、人間の日常生活など、たちまち吹き飛ばされてしまう。また一方ではテロの脅威にさらされている。この世に頼りになるものなどないのである。

万《よろず》の事は頼むべからず。愚かなる人は、深く物を頼む故に、恨み、怒る事あり。

兼好法師（一二八三〜一三五〇）『徒然草《つれづれぐさ》』より。

『徒然草』の二百十一段の冒頭のことばである。頼むべからずとは信頼出来ないということである。

一度、天変地異がおこれば、人間の日常生活など、たちまち吹き飛ばされてしまう。地震、台風、洪水、ハリケーン、その力の前では、人間の智慧をしぼった科学の進歩も、歯が立たない。

二十世紀の最大悪は、核兵器を創ったことだが、そのため限りなくテロの脅威にさらされている。この世の中に頼りになるものなどない。人の心は中でも最も頼りにならない。今日の友は明日の敵である。すべて頼りにならないと思い知った時、仏の慈悲が見えてくる。

欲しいと思ってもお金がなければ買えないし、人に恋しても、相手は他の人を想ってふりむいてくれない。入りたい学校には試験で落ち、勤めたい先も採用されない。かようにこの世は苦にみちている。

253号　今月のことば　人の世は苦だけなのか

人の世に在るとき、求むる所、意のごとくならず。

平安、源信（九四二～一〇一七）の『往生要集』巻上より。

人間がこの世に生きているかぎり、欲することは、思うようにかなえられないものである。この文章の前には、「樹は静かならんと欲するも風やまず、子は養わんと欲するも親待たず」ということばがある。人の世は苦であって、四苦八苦があるとお釈迦さまは教えられた。その一つに「求不得苦」がある。これは求めるものが得られない苦しみである。欲しいと思ってもお金がなければ買えないし、人に恋しても、相手は他の人を想っていてふりむいてくれない。入りたい学校には試験で落ち、勤めたい先も採用されない。すべて自分の希望が入れられない苦しみである。

この世はそのように苦にみちているけれど極楽に生れた時は、すべての願いがかなえられると源信は説いている。源氏物語の横川の僧都は源信がモデルといわれる。

清らかに暮らしていればたいてい貧しくなる。それでも日々生活の中にささやかな喜びを見出して心から楽しむことができる。悪い行いをして富を得ていても、いつ、悪行がばれ、いつ、悪行の仲間に裏切られるかと心の苦労が絶えない。

267号　今月のことば　清貧は

清貧は常に楽しみ、濁富《だくふ》は恒に愁う。

鎌倉時代の臨済宗の禅僧、無住一円（一二二六～一三一二）が書いた『沙石集』のことば。無住は、庶民を教化するため弘安六年（一二八三）にこの本を著している。

清貧とは行いが清らかで私欲がなく、そのため貧しく暮らしていること。濁富は悪いことをして裕福になっていることである。

清らかに暮らしていればたいてい貧しくなる。それでも日々生活の中にささやかな喜びを見出して心から楽しむことができる。悪い行いをして富を得ていても、いつ、悪行がばれ、取調べを受けるかと心配だし、悪行の仲間にいつ裏切られるかと心の苦労が絶えない。幸か不幸か、今や世界的不況に見舞われ、世界中が貧乏になってきた。無住に言わせたらいい時代到来ということか。金のあるところには争いと犯罪が興る。清貧に甘んじよう。

生きている限り、この世では苦しさに出逢います。いやなこと、腹の立つことに逢った時、ひたすら耐え忍べば、その忍耐の彼方に、必ずゆるぎのない永遠の境地が開かれるのです。

耐え忍ぶことこそ　最上の行
苦しさに耐え忍ぶこそ
この上なき涅槃なり

『法句経』一八四番

お釈迦さまは、この世は苦だとはっきりおっしゃっています。辛いこと、いやなこと、腹の立つことに逢った時、まずひたすら耐え忍べという教えです。その忍耐の彼方に、必ずゆるぎのない永遠の境地が開かれるのです。

涅槃とは古代インドの言葉サンスクリットでニルヴァーナです。涅槃とはお釈迦さまの死をさします。また涅槃とは一切の煩悩がなくなった悟りの境地をいう解釈もあります。ここでは後の意味でしょう。耐え忍ぶことを忍辱といいます。布施、持戒、忍辱、精進、禅定、智慧の六波羅蜜は、大乗仏教の基本的な実践倫理なのです。

この世の無常は到底受け入れ難い。
それでも勇気をもって
生き抜かなければならないのである。

310号　今月のことば　すべては無常である

すべては無常である。怠ることなく実践し、それを完成しなさい。

インド、原始経典『長部経典』十六経「大パリニッバーナ経」6－7。

この言葉は釈迦が亡くなられる時に説いた教え、つまり遺言である。

私たちは無常の事実をとてもまともに受け止められない。

大災害の被害者たち、世界各地で起こる事件で無残な死をとげた犠牲者たち、最愛の子に自殺された母親、余命いくばくと宣言された病人、彼等やその家族はそれを無常と、到底受け入れ難い。旅先で腸を患い、痛みに呻吟しながら、釈迦は「私の体はボロボロになった古車のようなもので、あちこち車体を革紐でしばりつけやっと動かしている」といいつつも、病床から起き上がり、弟子のアーナンダ一人を伴い次の遊行の旅に出かけてゆく。「この私の体こそが無常なのだ、死に臨んでもあきらめず、怠らず、無常を勇気をもって生き抜け」と、自らの行動で人々を励ましていた。

この世はあらゆる災害にあふれている。

15号　巻頭言　人の世は

人の世は好事《こうじ》ばかりにて
立ち往くものには非ず
地震、雷、火事、大水《おおみず》
種々の災変も
皆人の世に備わりし事

慧澄（一七八〇〜一八六二）、江戸後期の天台宗の学僧の『仏心印記饒舌談』中の言葉。

二十一世紀の現代では、更に、テロの恐怖、原発の事故などの災害には心休む閑もない有様です。

七月×日

書き下ろし『釈迦』の原稿、いよいよ終りに近づいたが、ここでまた胸突き八丁という感じ、ほとんど徹夜に近い日がつづき、大分ばててきた。それにまあ、今年の夏のなんと暑いこと。

七月×日

母と祖父が敗戦の昭和二十年七月三日の空襲で、防空壕のなかにいてアメリカの爆弾で焼き殺された日である。

「焼死する時は、煙で早くに窒息してしまうので、苦痛は、はたが想像するほどではなく死んでしまうのですよ」

と、ある医者が慰めてくれて、そういうものかと思ったが、やっぱり窒息するまでの苦痛と恐怖はあったと思い、言いようのない気持になる。

私は母の死の時、北京にいて夢も見なかった。この頃、まれに母が夢に出てくるようになった。私の子供の時の母で、いつでも生真面目な顔をして、何か言いたそうにしている。そう言えば、父も母も声に出して笑ったりすることがなかったと思い出す。姉の笑い声や、笑い顔はよく覚えているのに。笑顔は見せなかったが、学校の参観日に来たり、学芸会に来たりした時の母の顔は、いかにも和やかだった。

考えてみれば、私は両親に孝行らしいことを何もしないまま先だたれてしまったと、近頃、よく思うようになった。

まあ出家したことくらいが恩返しになるのだろうか。何かと賞をもらう度、父母や姉が生きていたらと、心ひそかに思うことである。

七月×日

天台寺の法話に、恐ろしいほど参拝者が集まる。朝七時頃から集まる人が多くなって、はらはらする。午前十時頃には、もう境内いっぱいの人で通り道もなくなる。本堂の中も、縁の下も一杯の人で、本堂の廊下の手すりぎわまで一杯の人。

まだ一時の法話開始までには続々と集まりそうなので、午前十時半頃、一度、法話をはじめてしまう。十二時前、終わって、どうか引きあげてくれと頼みこむ。その人たちと入れ替わりにまだ続々ときて、午後一時には、またしても身動きも出来ない人の山だ。

今日にかぎって、『家庭画報』の写真取材や、山田邦子さんのニッポン放送のラジオ録りの取材が入ったので、私は息つく暇もない。立木義浩さんも邦子さんも、あまりの人出に呆れかえっていた。

大型バス百八台、普通のバス十台来たそうで、浄法寺の町はパニックになったとか。

夕方の檀家の総会で、仮設トイレの増設など相談する。

護摩堂の建立のお布施も、有難いことに続々と寄せられる。

七月×日

『徹子の部屋』の八月十五日放送の収録。今年はいやに八月十五日向けのテレビやラジオの出演申し込みが多い。現在の世情が、昭和十六、七年の日本の空気にそっくりになってきたと思うのは、戦中派の生き残りの私たち世代だけだろうか。戦争の足音が、次第に近づいてくるような気がして、不安でならない。

七月×日

全国の温泉の女将さんサミットが東京で開かれ、何年も前から頼まれていたので講演する。山形や仙台の顔見知りの女将さんもいる。

ホテルの会場に集まった女将さんたちは、揃いも揃って美人ばかりだ。色街の人たちとも、素人の奥さんともちがう、一種独特の華やかさとなまめかしさをもつ、知的な雰囲気の女性たちである。

着ているものの美しさ、シックさも一人ひとり個性的で、衣装ショーのようであった。

不景気なこの時節に、どういうサービスで客を満足させ、引きつけようかという研究会のようだ。源氏物語や、私の著書もよく読んでくれていて、会の後の質問もなかなか活発で楽しかった。

七月×日

ずっとパレスホテルに自己缶詰になって『釈迦』を書きついで、とうとう今日脱稿した。嬉しくて、ホテルの部屋でひとり踊ったり跳ね回ったりする。

小説を書き上げたあとのこの達成感と解放感があるからこそ、五十年も小説を書きつづけて来れたのだと思う。

釈尊の最後の旅を、侍者のアーナンダの視点から書いた。成功しているかどうかはわからない。批評は何と出ようと、今はただとうとう書けたという喜びだけで一杯である。

書けば書くほど、釈迦の慈悲の深さというものに感じている。

全集の最終配本にしてもらったので、九月には出版される。

七月×日

辻元清美さんが来庵。五月に来た時より、ずっと元気そうになっていた。少しは落ち着いて気分的にも楽になったようだ。

ムネオ事件、真紀子事件と政界の嵐はまだ止みそうにない。

政界入り前の清美さんのすがすがしさを知っているだけに、政界に入ってからの彼女を、はらはらしながら見ていた。

まだ若いのだから、この際、じっくりと自分を見つめ直すことをすすめた。

七月×日

松浦千種さんがまた入院したのを聞いたので、病院に見舞う。

面会謝絶だけれど、特別に病室に入れてもらう。

扉口に入るとすぐ、ベッドから顔を向け、

「寂聴先生」

とはっきり言う。もうほとんど意識がなくなっていて目もあけないと聞いていたのでびっくりする。

この前よりまたぐっとやせて小さくなっていて痛々しい。目を開け、私の手を握り、しきりに話しかける。私の耳が遠いせいもあって、ほとんど何を言っているかわからない。ただ私の見舞いを嬉しいといっていることだけは、手から伝わってくる。

息子さんが毎日来て看てくれるのが嬉しいという。

覚悟はとうに出来ているから安心してくれとも言う。寂庵に通えたから、この覚悟が出来たと、私の目を見つめて言う。

これが見おさめになるだろうと、扉口でふりかえったら、じっと私の方を見つめていた。

息子さんの話では、一週間持つだろうかとのこと。

後で聞いたら、私の帰った後、急に意識がはっきりしたのはいいが、夜になって、寂庵へお礼に行くといって聞かないので、みんなが困りきったという。

それから四日後に、ついに永眠された。南無阿弥陀仏。

八月×日

小澤征爾さんと世界的名チェリストのロストロポービッチさんのひきいるコンサートキャラバンが何と、わが天台寺のある人口五千余の浄法寺町にやってきた。実ははじめは天台寺の境内でという予定だったが、下見に来てくれたら、境内に敷きつめた砂利の音が邪魔になるということで、急遽、町の公民館に会場が移されたという。

このコンサートは、ロストロポービッチさんの発案に、小澤さんがすぐ賛同して始められたもので、二人のボランティアで、地方の町や村に、無料出前でコンサートキャラバンに出かけるというものである。これほど贅沢で豪華なコンサートが、世界にまたとあろうか。

本物の音楽会にめったに行けない地方の人々になまの本物のオーケストラを聴かせ、音楽を好きになってもらいたいというのが小澤さんたちの願いだという。

会場では、床に町民がびっしり坐っていた。最前列あたりは、小学生、次が中学生、高校生という順で、大人はその背後に坐っている。私には最前列の真中に席を与えてくれ、両側は小学生だった。一メートルと離れないところに、小澤さんが指揮をとり、その横でチェリストが椅子にかけてチェロを弾く。オーケストラはみんな若い人たちである。

小澤さんの背や脚の動きは、まるでダンサーのようで、美しく柔らかく魅力的でセクシーである。ロストロポービッチさんは七十五歳と思えない情熱的な演奏ぶりであった。

終って、私は夢中で立ち上がり、聴衆を立たせ、いっせいに拍手の嵐になった。小澤さんたちは三度もアンコールに出てきてくれた。

こんな至福の夜を持った町民の、今夜の夢の豊かさを思うと、私も興奮した。じかに逢ったのは四十年ぶりくらいだったが、小澤さんは若々しく、親しみ易く、昔とちっとも変っていなかった。

八月×日

横尾忠則さんのこれまでの総決算のような大展覧会が、東京の現代美術館であるので、その開館式に出席する。「森羅万象」という題目のつけ方が、いかにも横尾さんらしい。明日、中国へ出発する前夜なので、作務衣で出ようかと思っていたがふと予感がして、衣をつけて出た。横尾夫人は、イッセイ・ミヤケの目のさめるような鮮やかなグリーンの服を着て美しかった。わざわざ、このパーティーのため、イッセイが作ってくれたのだという。衣を着てよかったと思った。会場は早くも人が一杯で、私はいきなり乾杯の挨拶をさせられ、またもや衣を着てきてよかったと思った。

会場の絵はまさに横尾さんの魂の森羅万象をあらわしていて豪華であった。やっぱり凄い人だと思った。珍しくイッセイのダークスーツできめた横尾さんがいたくハンサムに見えた。

八月×日

無事、北京に着く。空港もすっかり変っていて、関空に似ていた。

空港から北京へ入る道も、その両側の風景も、全く十何年か前とは変っていた。何でもこの六年間くらいの、北京の変貌は目ざましいものがあり、四年後のオリンピックまでにはもっともっと変るのだという。

八月×日

今度の旅はＮＨＫのテレビスペシャル番組のためなので、スタッフたちと一緒である。スタッフのよく働くこと働くこと。

私ははじめての収録の日、あんまり炎天下を歩かされたので、突然、夕方近くになって、脚がつり、歩けなくなってしまった。鍼をしてほしかったので、病院へつれていってもらう。すぐきれいな女医さんがブスブス足に鍼を打ってくれた。ところが、さあ立ちなさいといわれても前より痛くて立ち上がれない。泣きそうになって深呼吸をくりかえしていたら、突然、足の中で糸を切ったような感じがして、急に足も体も軽くなって歩くことが出来た。女医さんは、重症だから三日はつづけて鍼を打ちに来いという。そんな悠長なことといってられない。スタッフは青くなったが、私は治ると信じていた。

八月×日

朝、起きたら、けろりとして、足は軽く歩ける。ヤッタア！　とひとりで喜ぶ。実は出発前、血糖値をはかったら二百五十になっていて仰天したが、それを言うとつれていってもらえないので、黙って出発したのだった。おまけに出発のドサクサで、何と薬という薬をみんな忘れてきてしまっていた。こうなれば薬なしで試してみようと決心する。

お酒ものまず、食事はお粥と、野菜ばかり食べるようにして、運動は、毎日一万歩以上は歩かされるので、半月できっと、体調がよくなるだろうと楽観する。こういう風に何でも楽観してしまうところが、私のいいところでもあり、危険なところでもある。もう八十年も生きたんだもの、少々危険を冒しても、したいことをして死にたいものだ。それでもあんまり、スケジュールがきついと、時々、思いだしたように、

「わたし、八十ですよ、八十よ」

とスタッフに向って叫ぶ。するとスタッフが、「あ、そうだった」という表情になるのが面白い。それにしても、よく働く人たちだ。

朝は日の出前から、夜は十時頃まで、どこかしらを映している。私はもちろん、一通りのスケジュールしかしない。

八月×日

今度の旅は、はじめて原稿用紙を持って来なかった。いつでも外国旅行の時は、旅

先でも原稿を書き、ファックスで日本に送りつづけるのが習慣になっていた。今度ばかりは、連載一つもなし、書くべきものは、みんな出発前に片づけてきた。するとやっぱり、手持無沙汰なので珍しく日記がつづいている。これまでは、どの旅も三日とつづかなかったのに。

八月×日

夕方、金妙珍さんの家へ行く。金さんは二十年ほど前、編集者たちと、ウルムチ、トルファンまで出かけた旅の通訳についてくれた人だった。当時は、まだ二十代のはじめの新婚ホヤホヤの人だった。十三年前京都へ留学して、寂庵にも来てくれた。今はすっかり通訳の世界で偉くなって、日本の政治家たちや、経済界のおえらいさんの通訳をしているという。

二十六階建の凄いマンションの入口で、しゃれたワンピースの金さんが待っていてくれた。飛びついてきて、抱きしめ、熱烈歓迎ぶりに圧倒される。超豪華マンションに通され仰天する。家具もすべて外国製のすてきなもの、金さんは何でも株で、大金持ちになったそうだ。みんな私の手相の占い通りになったというが、私はその占いもすっかり忘れている。

「先生は私の恩人、おかあさんのような人。だから先生の老後は私がきっと見る。安心していて」

という。テーブル一杯に手づくりの超豪華料理が並び、次々新しい料理がキッチンから運ばれてくる。スタッフは金さんの絶えまないお喋りと料理の豪華さと、パワーに圧倒されつづけている。スープだけでも、ウコッケイのスープ、スッポンスープ、フカヒレスープと三つの鍋、それに上等の紹興酒。明日、紹興へ行くというと、

「ええっ、紹興は私の故郷、私の家は魯迅の家のすぐそば」

食べきれないお料理と金さんのエネルギッシュなお喋りに圧倒されつづけ、ホテルに帰ったら十時すぎていた。

明日は紹興で平野啓一郎さんと逢える予定。

九月×日

東京のホテルで『源氏』について話し、すぐ天台寺入りして、法話をし、翌日、仙台入り、そこでまた講演する。四日前は全く声が出なかったのに、上原まりさんに教えられた病院で診てもらい、お薬をもらったせいか、何とか三日とも、無事、声が出た。

護摩堂がほとんど出来上がっていて安心した。お金がないので本式の建物ではないが、これなら一万本たいても大丈夫だと副住職が自信たっぷりにいうので、安心す

る。多くの方々の御寄進による尊い建物である。

九月×日

『釈迦』の評判がよく、読売新聞のインタビューを受ける。文学担当の尾崎さんが、感動したといってくれたので安心する。自分では無我夢中の態だったので、やっぱり他人の批評を聞いてホッとする。小説家の中からも今までの作の中で最高だといってくれた人もいる。

九月×日

ブックファースト京都店で、平野啓一郎さんの『葬送』のサイン会がある。中国の旅で苦労をかけたので、応援のつもりで行く。

さすがにファンは若い人が多く、始まる前から、道路まであふれる人の列がつづいている。

苦心の大作だが、何しろ二千五百枚のものが分厚い二冊本になっているので、高価だし買ってくれるかしらと、まるで孫の本の売れ行きを心配するような気持。ところが目の前で飛ぶように売れているので大安心。私も二組買い、サインの列に並ぶ。まわりの人がびっくりして、

「平野さんのファンですか」

と訊く。

「追っかけファンよ」

と答えると、みんながどっと笑う。

平野さんは太い力強い字で、手早くサインしていた。私が中国で買って、彫らせた印を使って押していたのが嬉しかった。

こういうところが、年に似合わず平野さんのやさしいところだ。

九月×日

上京、加藤タキさんと対談。タキさんはいつ逢っても美しい。お母さんの加藤シヅエさんは百四歳で亡くなった。二〇〇一年十二月二十二日であった。最晩年は一年半ほど、娘のタキさんも判別出来なくなっていて、タキさんは介護のため、苦労をしている。

今日の対談は、タキさんが実に心を裸にして率直に話してくれたので、とてもいい対談になった。シヅエさんはマーガレット・サンガー夫人にアメリカで逢って以来、産児制限をとなえて、獄に入れられてもその運動を貫き通している。

「自分の性生活をコントロールする方法を知らなければ、女性は自分自身を解放することはできない」というサンガー夫人の考えに共鳴して七十年以上もその運動をしつづけた人の生涯は、もっと若い女性たちに知らせるべきだと思う。

一番印象に残ったのは、三十九歳で再婚したタキさんが四十一歳で男子を出産した話。シヅエさんも再婚でタキさんを産んだ時は四十八歳だった。親子揃っての高齢出産である。タキさんの産んだ子は、シヅエさんの九十歳の初孫であった。

シヅエさんが病院ではじめて初孫を見た時、最初に発したことばは、

「この子は早く人生の苦しみを味わえばいいね」

だった。タキさんが驚いてそれはあんまりだというと、

「そうではない。人は年をとって不幸にあうと、それに打ち勝つ力はない。苦しみや不幸は若いうちに味わった方が、それを克服することが出来、立ち直れる力が湧くのです」

と言ったそうだ。生まれたばかりの初孫に向かって、こういう感想を抱くシヅエさんに感動する。

九月×日
有楽町の東京国際フォーラムAホールで五千名の聴衆に話す。アクティブ・エイジング・フォーラムという講演会の基調講演であった。

これは今度が六回めの会だという。今回の主題は、『サード・エイジ』をムーブメントするために」というのであった。

人生は楽しまなければつまらない。どんな仕事も楽しみに変えてしまってやれば出来てしまう。こんな会に五千人もの人が集まるという現象を不思議なことだと思う。サード・エイジというのは、熟年というようなもので、ここではむしろ、熟年後の年代も含まれているようだ。定年退職後の、粗大ゴミとか濡れ落ち葉などといわれた世代に元気を与えようという会らしい。

づづいてウェルビーイングのインタビュー。夜は大竹しのぶさんとの対談。

何と目まぐるしいことか。これがサード・エイジを通りこした八十歳のローバの一日の仕事量とは！

九月×日

ついに体が反乱した。昨日に引きつづき休む閑なく、法話のソフトなどを製作してもらっているエニーのCDの録音に行ったら、途中で、突然気分が悪くなり、トイレで四十分もあげさげして、げっそりしてしまう。

洗面所の鏡を見たら、見たこともない九十歳のローバの顔。それを見て、ようやく身の危険を自覚する。

周りがあわてふためいて、その建物から道路一つへだて立面かいにある虎の門病院へ。それでも道路を横切って歩いて行く。救急病人扱いで診てくれ、とにかく点滴で一息つく。

ところが、血液をとって調べても、どこも悪くないという。医者が困って、動脈からも血を採られて、調べ直しても、やっぱりどこも悪くないという。結局、極度の疲労ということで、薬もくれなかった。

その後のスケジュール、すべて断り、翌日もさすがにおとなしくホテルで休み、次の日帰洛した。一日お粥をたべたが、あとは普通にもどる。

九月×日

予定通り、京都アスニーの法話、二回きちんと出来た。つい二、三日前、病院にかつぎこまれたといっても、信じられないというみんなの顔。

九月×日

上京。長嶋茂雄さんのホストのラジオ番組録音。はじめて逢った長嶋さんは、テレビや写真で見るよりずっとすてき！　背が高く足が長く、顔の色艶よく若々しい。話も面白い。野球オンチの私と、野球の神さまとの対談だから、面白いに決まっている。テレビのスタッフが大喜びだ。
夜、全集の打ち上げ会。私からスタッフへの感謝の会。

九月×日

長崎で講演。お医者さんの大会なのに、私の話題は「医者ぎらい」とつけたら、これが大当たりで、みんな大喜びしてくれた。後、サイン会。一晩泊まる。

九月×日

小泉首相が突如、北朝鮮へ行き、金正日と逢つて「日朝平壌宣言」が調印された。ところが、その会談の席で、金正日が、これまで否定しつづけていた「拉致」を認め、あやまり、今後こんなことはないと言った。
驚き桃の木で、ますます北朝鮮の不気味さを感じる。テレビの小泉さんの表情は緊張しきって昏い。日朝首脳会談は、まだまだ多くの問題を引き起こしそう。それもその筈。拉致された人は生存者五人、死亡者八人と知らされたからだ。

九月×日

九月十七日の日朝首脳会談以来、新聞もテレビも、もう拉致問題で連日持ち切りだ。ワイドショーは拉致された家族の出ずっぱりで、いくらつづけてもいいという感じ。

それにしても家族たちの耐えてきた二十四年の歳月の重さに粛然とする。その間、当事者以外の誰が彼等に手をさしのべ助けたと言えるだろう。苦悩を分かち合ったといえるだろう。もし、これが自分の家族であったらという想像力を政府が働かせたことがあったのだろうか。

横田めぐみさんを奪われた横田滋さん、早紀江さんは、同じ仲間で「家族の会」を作り、滋さんは会長になって、これまで根気よく政府に訴えつづけてきた。

二人がテレビに一番多く出ているが、見る度に、早紀江さんの知的なしっかりした言動に心を打たれる。

一体この問題はどうなっていくのか。

しあわせ

心を温和に保つと、自然に表情がにこやかになる。にこやかな人のまわりには人が集りたがる。自分が幸せでない人間は他人をも幸せにはできない。

「菜根譚」の前集二〇七にあることばである。

「性燥《かわ》き心粗き者は、一事も成すことなし。心和ぎ気平らかなる者は、百福自ずから集る」とある。

「菜根譚」は。明末の儒者、洪応明（字《あざな》は自誠）の書いた本である。儒教の思想に、老荘・禅学の説を交えた処世哲学の書で、前後二巻。前集には仕官、保身の道を説き、後集には勤めをやめた後の、山林閑居の楽しみを説いている。

性格が燥くとは、性格にうるおいがなく面白味のないことをいう。心粗きとは、心の粗雑なということ。真面目一点ばりで、人の心をおもいやる心のない自分本位の人が多いが、そういう人をさすのである。燥いた心はユーモアなどうけつけない。そんな人は一つとして物事を成しとげることが出来ないというのである。

心和ぎ気平らかとは、いつも心がなごやかで、気持が平静な人ということで、怒ったり、悲観したり、恨んだりする時は、心が荒らぎ、精神はおだやかではない。もちろん、多くの幸せが自然に集まってくるのは前者である。心を温和に保つと、自然に表情がにこやかになる。にこやかな人のまわりには人が集りたがる。自分が幸せでない人間は他人をも幸せにはできない。幸福な心はうるおいがある。うるおいのある心にこそやさしさが生れ、他人に対する思いやりも生れるのである。

五欲を追い求めているかぎり、人の心はなごやかにはならない。

親切で慎み深くありなさい
あなたに出合った人が誰でも
前よりもっと気持ちよく
明るくなって帰るようにしなさい
親切があなたの表情に　まなざしに
ほほえみに　温かく声をかける言葉に
あらわれますように

２１１号　今月のことば　親切で慎み深く

マザー・テレサのことばである。

マザー・テレサは二十世紀の生き神さまであった。自分のすべてを身も心もインドの貧民の子供たちや老人に捧げて、彼等の光となって尊い生涯を終えた。仏教のことばでは慈悲の権化のような人であった。キリスト教の信仰に支えられて、マザー・テレサは奉仕の生涯を送った。尽くすばかりで何も需めなかった。

マザー・テレサに逢ったすべての人が、そのまなざしに、声に、ほほえみに限りなく癒されて幸福な微笑を浮かべていた。

人間は必ず自分の善業に対して利子のついた報いを期待して汚い。利益にならないことは一切すまいと考えている。無償の行為の出来るものこそが幸福なのである。

火は物を焦がすとその火は知らず、水は物を潤おすとその水は知らず。
仏は慈悲して慈悲を知らず。

江戸、至道無難《しどうぶなん》（一六〇三～一六七五）の言葉。『至道無難禅師法語』より。

火は物を焼いても自分が焼いたことは知らない、水は物を濡らしても、濡らしたことを知らない。それと同じように、仏は衆生に慈悲をかけて救ってもそれを知らない。人は火や水からはかり知れない利益を受けているが、火や水はそのような利益を与えていることを自覚していない。全く無心である。従ってその恩恵のお返しなど考えていない。同様に仏や菩薩の慈悲も計算したものでなく無心であり、無償の行為である。人間は必ず自分の善業に対して利子のついた報いを期待して汚い。利益にならないことは一切すまいと考えている。無償の行為の出来るものこそが幸福なのである。

国家が安泰であるか否かは、
政治が正しく行われているか
どうかにかかっている。

国家の安危は政道の直否に在り。

日蓮（一二二二〜一二八二）の北条時宗あて書状『与北条時宗書』の手紙文にあることば。

この手紙は文永五年（一二六八）、蒙古の国書到来をうけて、他国の攻撃を受ける国難の近いことを察した日蓮が、政界と仏教界の要人十一人に呈したものの一つ。

国家が安泰であるか否かは、政治が正しく行われているかどうかにかかっている。

国家の運命を左右する直接の場は政治である。政治に不正や混乱があると国家の将来は危ない。国家の危機は国民の悲劇である。したがって人々は、政治の動きにたえず関心をはらっていなければならない。政治家は本質をよくわきまえて責任を完うすべきである。

今の日本の混乱した政治をさしているようなものである。

幸せな時にはありがとう
苦しい時には力を下さい
淋しい時には聞いて下さい
いつも
地球のすべての人が幸福で
平和でありますように

２０９号　今月のことば　祈り

これは寂庵の祈りとして、私が嵯峨に寂庵を結んだ時、自然に口に浮かんだことばを書きとめました。五十一歳秋の出家でしたので、私はお経も下手で、経文を見ないでは何一つ唱えられませんでした。

寂庵の持仏堂で、ひとり般若心経をあげたあとで、さて、何をうちの観音さまにお祈りしようかと思った時、浮かんだ祈りのことばです。それが寂庵の祈りになり、後には天台寺でも祈りのことばとなりました。

なぜか、これを称えますと、心が落ちつきます。

五十六十は花なら蕾
七十八十は働きざかり
九十になって迎えが来たら
百まで待てと追い返せ

誰の作か知らない俗謡です。

昔から歌われていたにしては、ずいぶん愉快な歌です。

人生五十年と言われていた時代からは考えられない長寿讃歌で、五十や六十花なら蕾で、もう笑ってしまいます。

私は八十五で（当時）、働きすぎると、まわりから叱られたり、軽蔑されたりしていますが、この歌では、まさに働きざかりなのだから、恥じることも臆することもありません。

今は百を越える老人も多くなっています。お迎えを追い返す気もありませんが、定命に従い、くよくよせず、命あるかぎり働こうと思っています。

私たちの命は万物流転の世の中で、
何かの縁で川の流れのようにすぎていく。
じたばたせず、
宇宙の生命の流れに身をまかせよう。

行く河の流れは絶えずして、しかももとの水にあらず。

鴨長明（一一五五〜一二一六）の『方丈記』冒頭の有名なことば。

長明は鎌倉時代の人で、京の外れ日野の山中で今でいうプレハブの方丈の庵を結び、世捨人となって、随筆『方丈記』を残した。

河の水は絶えず流れ過ぎているから、決して今流れているのはもとの水ではないよ、ということ。水の泡は消えたかと思うと、他の流れとからみあっていく。私たちの命は万物流転の世の中で、何かの縁でつながりあって、川の流れのようにすぎていく。じたばたしないで宇宙の生命の流れに身をまかせよう。

病床にいても悟ることは出来る。体は動けなくても、頭で考えることが出来る。生命の尊さ、健康の有難さをしみじみ考えられるのも、病床にいるからこそである。

「私は病気になった。怠けていてよい時ではない」

インドの原始経典『テーラガーター』三〇にあることばである。テーラは長老、ガーターは詩で、漢訳では長老偈という。長老とは年長で徳の高い僧。同じく『テーリガーター』(長老尼偈)というのもある。釈尊の弟子たちの長命の人々の折にふれて作った詩集である。

老人たちだから、みな病気の経験がある。

病気になれば、普通はゆっくり休息して病気を治そうとする。ところがこの長老は、病気になったが、それを都合にして怠けていてよい時ではないと言う。すぐ起きて働けというのではない。病いの床にあっても、よく考え、いかに生きるかという命題に取り組もうと言う。体は動けなくても、頭で考えることが出来る。生命の尊さ、健康の有難さをしみじみ考えられるのも、病床にいるからこそである。

白隠は病気や健康法について色々な本を書いたが、その師の正受老人は、「おおよそ、弁道工夫の為には、病中程よきことは此れあるべからず」と言っている。弁道とは仏道修行をすること。またこの人は世のインテリほど病中あさましく、みっともない者はないと、痛烈なことばを残しているこの世はあざなえる縄のごとくで吉凶禍福は交互にやってくる。目前の幸運に手放しで喜ばず、目前の不運にも、絶望してしまうことはない。流れに身をまかせていれば、運は自ずと開ける。

149号　今日のことば　なに事もよろこびずまた憂《うれえ》じよ

なに事もよろこびずまた憂じよ
功徳黒闇《くどくこくあん》つれてあるけば

鎌倉、無住道暁《どうぎょう》（一二二六〜一三一二）の『雑談集』巻一のことば。

どんなことにめぐりあっても、むやみに喜んで有頂天になったり、悲しんで絶望したりはすまい。なぜならば、幸福をもたらす功徳天と、不幸を運んでくる黒闇天とは、いつでもいっしよに連れだって歩いているのだから。

功徳は功徳天のことで、吉祥天、吉祥女、宝蔵天女とも言う。インドではヴィシェ神の妃ラクシュミーのこととされ、福徳をつかさどる神としてあがめられ親しまれている。

黒闇は黒闇天のことで、功徳天の妹で、黒闇女、または黒耳女とも言う。容貌醜悪で人に災禍をもたらすと嫌われ恐れられていた。いつも姉にくっついて、いっしよに行動した。

この世はあざなえる縄のごとくで吉凶禍福は交互にやってくる。目前の幸運に手放しで喜ばず、目前の不運にも、絶望してしまうことはない。流れに身をまかせていれば、運は開けるということである。

どのような場合でも、身もこころも、やわらかな態度で人に接するように心がけるべきである。その慈心は、知らず知らずのうちに、自分自身を成長させ、大いなる包容力ある人格を築きあげるはずである。

ただまさに、やわらかなる容顔をもて、一切にむかうべし。

鎌倉、道元（一二〇〇～一二五三）、『正法眼蔵』菩提薩錘四摂法より。

どのような場合でも、ただただ身も心も柔和な態度で人に接するべきである。

菩薩が、衆生済度に向かう四種の行（布施、愛語、利行、同事）のうち、同事行の教えの一節。同事とは、常に、温容な態度で、自分が、接する人々に同和し、他の命あるものへの共感を忘れない慈悲行をいう。

私たちは、どのような場合にも、身も心も、やわらかな態度で、すべてのものに接するように心がけるべきだとの教え。

その慈心は、知らず知らずのうちに、自分自身を成長させ、大いなる包容力ある人格を築きあげるだろう。

すべてのものの中の唯一最大の宝である「いのち」は、自分にとって何より大切なものである。だからそれは他人にとってても、その人のいのちは最も大切なのである。自分の命が惜しく大切なように、人の命もその持ち主にとっては大切な宝なのだから、みだりに殺してはならない。

179号　今月のことば　いのちと申すものは

いのちと申す物は一切の財《たから》の中に第一の財なり。

日蓮（一二二二〜一二八二）の書状「事理供養御書《じりくようごしょ》」より。

生命というものは、あらゆる財宝の中で、最も大切で貴重な宝である。この世で何が一番大切かといえば、人間にとっては生命である。いのちというのはその人にひとつしか与えられていない。かけがえのないものである。

ウダーナヴァルガ（感興のことば）には、「すべての生きものにとって生命が愛しい。己が身にひきくらべて殺してはならぬ」という一説がある。すべてのものの中の唯一最大の宝である「いのち」は、自分にとって何より大切なものである。だからそれは他人にとっても、その人のいのちは最も大切なのである。自分の命が惜しく大切なように、人の命もその持ち主にとっては大切な宝なのだから、みだりに殺してはならない。

すべての執着を捨てて自由人となって暮らせば、どんなにすがすがしいことだろうか。文明の道具に囲まれて生きる現代人はどんなに不自由なことか。

蓑はなしそのままぬれて行程《ゆくほど》に
旅の衣に雨をこそきれ

鎌倉、大灯国師（一二八二〜一三三七）の『養牛軽吟歌』より。

旅の途中で雨が降ってきた。自分は蓑も持っていないので、しかたなくそのまま雨に濡れながら歩いていると、まるで旅の衣として雨を着て歩いているようだ。この歌は「雨中旅行」と題されている。

つづいて、

雲をおひ（負い）雨を衣にきる人は
はるばる（晴る晴る）空に
はだか（裸）にぞなる

という歌がつづく。この歌は「雲雨衣《うんうえ》」と題されている。
すべての執着を捨てきって全き自由人となって暮せば、どんなにすがすがしいことだろうか。
文明の道具に囲まれて生きる現代人の不自由さが笑われているような気がする。

十月×日

上京、紀伊國屋書店渋谷店で、日野原重明先生と、二人の対談集『いのち、生ききる』のサイン会、先生と並んで先生のサインの横に私もサインする。先生は一人一人に、「あなた、どこから来たの。どこに住んでいるの」と話しかける。話しかけられたファンは、もうそれだけでぼうっとしてしまって、声も震えている。ああ、この調子で先生は患者にやさしく話しかけ、まず患者の心を開き、安心させていらっしゃるんだなと納得する。お昼に、先生にはサンドイッチ、私にはお握りが出る。先生はサンドイッチを召し上がったあと、私のお握りが美味しそうなので、それも食べたいとおっしゃる。ほんとにお元気。ここでもエレベーターを使わず階段を二段飛びである。

サイン会からホテルへ帰り、中沢新一さんと『すばる』の対談、私の『釈迦』についての話、久しぶりで会った中沢さんは、出家しようかなという感じ、私はそれより小説を書くことをすすめる。私は常に無責任な煽動者である。しかし人世では、こういう煽動から天才の才能が開花するということもあり得る。

夜は六時半から引きつづいて渋谷公会堂で、日野原先生の九十一歳のバースデイパーティーとコンサート。バラの花を九十一本贈ろうと思ったら重くてよろけてしまったので、五十本にして出かける。先生はサイン会のときとはちがう服でおしゃれしていらっしゃる。この日は、先生の若き日の詩に作曲したものを、ピアノで美しい人に弾いてもらったり、合唱団に歌ってもらったり、御自身はNHK交響楽団を指揮したり（先生曰《いわ》く、小澤征爾スタイルだそうだ）、最後は『葉っぱのフレディ』の哲学者になって芝居に出たりと、舞台に出ずっぱりの大活躍であった。その間お色直しの服四着、一つなんて、ラメが入っていた。私も最後まで最前列で観せていただいた。いくら私が元気じるしといってもとても九十一歳の先生の元気には負けそう。

十月×日

東京都写真美術館で開催中の、四国お遍路のキャンペーンで、「お遍路」という題の講演。終って盛岡へ。浄法寺町の漆について、岩手放送でインタビュー収録、そこから車で浄法寺町入り、天台寺についたら九時半になっていた。

十月×日

天台寺秋の例大祭。護摩堂建立後初の護摩たきの日なので、いつもにもまして檀家一同も緊張。たくさん応援を頼んだので、てんやわんや。その上、取材が目白押しに並び、私はお茶を呑む閑もない。いつものように御輿も出て法話もして、立錐の余地もない境内で人に揉まれる。

護摩は用意した一万本の他に、当日八百本余の護摩木が加わり、新しいお堂で盛大に炎が上がった。潔斎をしてやせた菅野副住職の白衣姿が神々しい。私も七台本余、たかせてもらった。火にあぶられ、法話をする時はお酒に酔ったように真赤になっていたので困った。菅野さんは一万本の終り頃はもう腕が動かない。見かねてまた少し代らせてもらう。けれども結局副住職は一万百本をたきあげた。はじめて間近でこんな盛大な護摩供養を見た人も多く、みんな感動して、中には泣き出す人がいた。

終ったらさすがに疲れがどっと出た。何しろ、ここまでに急な工事をしたので、気が張りつめていたのだ。次々思いつくことをすべて実行していくので、檀家は呆れて、それでもついてきてくれる。出来上がった結果は苦労を共にした者でないと味わえない感動がある。

十月×日

天台寺から帰り、琵琶湖ホールで小林陽子さんの呼んできたオペレッタ『マリツァ伯爵夫人』を観劇。陽子さんの呼び屋業も、十年つづいている。全くの素人から押しも押されもしない呼び屋になった陽子さんの度胸と努力に乾杯！

陽子さんは寂聴塾の塾生の一人である。

十月×日

イタリアへ出発

前日、仕事を猛スピードで片づけて午前四時までかかった。三時間眠り旅支度。

久しぶりのヨーロッパ。『女徳』をリディア・オリリアさんという人がイタリア語に訳してくれ、それがよく売れているとかで、国際交流基金からの招きで行くことになった。ローマとミラノで二回講演したらいいという。あとの六日間は自由というので喜んで行く。ヨーロッパははじめての秘書の玲子さんも同行する。

とにかく飛びたったらすぐグースカ眠り、機内食だけは起されてバッチリ食べたら、食べすぎてしまった。機内放送ではローマは雷雨という。ところが着いたら、まぶしいような青空、雲一つない。

空港に高橋秀、桜さん夫妻が迎えてくれていた。高橋さんは倉敷とローマを三ヵ月毎に往来している。さすがに疲れると桜夫人が言い、もう日本に帰りたいといっていた。

何もないといっていたが歓迎会が次々ある。

十月×日

ホテルで講演の原稿を書くが気が乗らない。「出家する女性たち」という題で、『女徳』の主人公と源氏物語の出家する女君たちと、自分のことを話そうと思う。リディアさんに通訳してもらうので、原稿がないと失礼だと思う。リディアさんは若い頃、比叡山ホテルに三年も泊っていたという人で、次は『比叡』を訳してくれるという。上品な日本語ペラペラで安心する。

玲子さんはバスにも乗らず、歩き回ってローマを楽しんでいる。

十月×日

いよいよ講演会。「せっかく原稿を書いたのに、私の悪い癖で、どうしても原稿通り話せなくて、冒頭から、全くちがう話になってしまった。リディアさんは目を白黒していたが、私の早口についてきてくれ、きちんと通訳してくれた。大変な才能の人だ。あとであやまることしきり。聴衆はすばらしかった。質疑応答も弾みがついた。

みんなインテリで、日本人はわずか。その後十人くらいの女性がパーティーしてくれる。日本文学の研究をしている学者や、源氏物語の研究家や、日本語を教えている日本人や、ほとんど大学の先生たちばかりで話は知的でわかりが早い。

一番若い人は大庭みな子さんの研究家だという。大庭さんの近況を伝えてあげた。

みんなチャーミングでユーモアがあり、やさしかった。イタリアはさすが、ワインが美味しい。

十月×日

ミラノで講演。本屋の中だったがローマに劣らずいい聴衆で感動する。ローマでもそうだったが、ミラノでは、私のスタイルが珍しいらしく、有名だと自称する名カメラマンが押しよせてきて、撮影大会のよう。一度に撮ってくれたらいいのに、みんなプライドが高く、自分だけのポーズをきめてほしいというので、被写体の私は大変だった。

ミラノは、はじめてだが、ローマよりずっと活気があって楽しい。

ミラノの女性も歓迎会を開いてくれたが、ローマに劣らないインテリでチャーミングな人たちばかりだった。

悩みは、女が仕事を持つと家庭と育児を両立させられないこと。日本と同じだと笑う。

ここの人たちは学者さんではなく、有能なジャーナリストたちで、みんな日本や中国には行ったことのある人たち。

夜なか十二時まで食事会。

講演の日は朝から夜なかまでびっしりのスケジュールで、結構ハードで東京並みである。

それでも新聞もテレビも見ないので何となくのんびりする。

十月×日

壬塚さんのお嬢さんのみおちゃんと一緒に『椿姫』のオペラを観る。今、スカラ座が改築中なので、臨時の建物。みおちゃんはプリマドンナを志し、ミラノに留学中の声楽家。

すっかり美しくなっていてびっくりした。小学生の時から逢っていないのだから。夜なかでもやっているレストランで豪華な食事。イタリアはいいな。料理とワインが口に合うから。

日本からのＦＡＸで、バリ島で大変なテロがあり、連日のニュースは北朝鮮拉致者たちの話題だとか。

十一月×日

八幡市立松花堂庭園・美術館講演。朝から雨模様で晴れない。

二度ほど、以前、松花堂は訪れている。茅ぶきの茶室がとても気に入って、こんな茶室を庵にして住みたいと思った。ところがこと志とたがい、寂庵は広すぎて騒庵になってしまった。

男山八幡の中腹にあったものを移したのだという。松花堂弁当も昭乗の考案。美術館の建った何年めかの記念講演で、特別展もあって、これはよかった。嵐山吉兆が店を出していて大入満員だった。

十一月×日

天台寺今年最後の法話。前月ほどの大入満員、どうなっているのか空恐しくなる。紅葉が美しい。天台の湯で二晩泊って上京。

十一月×日

上野の美術館で、マトゥラー、ガンダーラの仏像展が開かれていて、そのうちガンダーラ仏についてNHK日曜美術館の収録に行く。大きな仏様は情勢不穏の折柄、運べなかったとかで、小ぶりのものばかりだったが、ゆったり展示されていて観易かった。

パレスホテルのレストランで、ノーベル賞の田中耕一さん夫妻と遭遇。私の席からは田中さんは背中を見せていたが、奥さんが、ちらちらとこちらに視線を流していたので、もしやと思つて近づいておめでとうの挨拶をしたら、やっぱりそうだった。田中さんの方でも、もしやと思つていたと笑う。私は作務衣姿だったからだ。

宮中での行事がすっかり終って、「明日は京都へ帰れるんです」と、遠足から自宅に帰る子供のように言う。奥さんはとても美しくてエレガントですてきな人だった。田中さんも全く素朴で感じのいい人だった。

十一月×日

この前、急に体調が悪くなって流れてしまったエニーCDの録音とり直し。久しぶりで帰洛。やれやれ。

十一月×日

新潮社の宮本さんと一緒に南座の前の美術館へアラーキーの写真展に行く。入口で出てきたユーミンとばったり逢う。何だかすっかり大人の色気プンプンになっていた。アラーキーの花の絵は凄い。写真もすばらしくて迫力満点だが、アラーキーの絵と字が面白かった。これからは絵も字も描けばいいと無責任に煽動する。アラーキーはすっかり照れて、もじもじしておかしかった。

十一月×日

朝日新聞京都支局のインタビュー「思い出の京都の場所」というので、「京大医学部附属病院の小児科研究室」の話をする。私のいた頃の建物はすっかり建て直してしまったそうだ。

大翠書院が、つぶれたあと、一年あまり、私はそこでシャーレや試験管を洗ったり、ラットやマウスの世話をしていたのだ。取材に来た人は孫くらいの若さで、優秀な人だった。

十一月×日

『釈迦』のインタビューに『いきいき』から来る。『釈迦』は好評で、インタビューがどっと来る。こんなに問題にされたのは何を書いて以来だろう。

夕方から『群像』の対談。川村湊さんと『釈迦』について。小説のことより、インドのことが多かった。川村さんもインドに行って、何度でも行きたい部類の人らしい。

十一月×日

紫式部文学賞授賞式で宇治へ行く。

河野裕子さんの歌集『歩く』が受賞作。河野さんは御夫君とお嫁さんも揃って歌人という珍しい御家族みんなで式に出席していて、なかなかいい風景だった。

イベントとして林真理子さんと私の対談あり。

十一月×日

京都府文化賞選考会。

有馬稲子さんが芸術の部で入る。

十一月×日

パレスホテルで朝日新聞のインタビュー。

試写会『デュラス 愛の最終章』観る。デュラスの死後三年たってヤン・アンドレアが、デュラスの六十六歳から八十二歳で死ぬまで共に暮した歳月の二人のことを書いた本『デュラス あなたは僕を（本当に）愛していたのですか』をもとにして製作した映画。デュラスにジャンヌ・モローが扮して、圧巻だった。ヤン役の美青年にうっとりする。ああ羨ましいと思う。

三十八歳の年下の男に六十六歳から奉仕されるデュラスは、それからまた作品を書きだしたという。それでもデュラスは孤独だったと思う。芸術家は本質的に孤独なのだ。男の一人や二人でその孤独が埋められるような女は、本当の芸術家ではない。

十一月×日

新潮の新年号短編のため、ずっと頭の中は一杯だ。武田泰淳を読み返している。紹興と秋瑾のことを書くつもり。

私の係りだった編集者たちと、現役の人たち二十二人が集ってくれて、全集の完成と『釈迦』の書けたことを祝ってくれる。銀座の「古窯」で、女将さんが、凄い鯛を添えて「これは私のお祝い」といってくれる。ほとんどの人が定年退職しているし、来年退職という人もいるが、みんな大学の先生などしていて元気で嬉しい。この人たちのおかげで今日があるのだと私の方で感謝する。

いい編集者にめぐりあえるかどうかで、小説家の運命は大半決まってしまうような面がある。私は恵まれていると思う。

ミヤケ・イッセイにプレゼントされたカシミヤのコートを着ていってみんなに見てもらう。

十一月×日

曹洞宗の東京都宗務所婦人会の講演会に行く。三百冊本を買ってくれたので、サインするのが昨夜一仕事だった。浅草ビューホテルが会場、はじめての所。

十一月×日

大阪サンケイホールで能の講演。先月、美輪明宏さんと出た舞台で、同じメイクさんが待っていてくれた。能舞台の講演もすっかり馴れた。『源氏物語の女たち』という題。講演のあと、梅若六郎さんの「葵」上演。とてもよかった。

十一月×日

京都アスニー法話。二回とも満員。終って『寂庵だより』の編集会議。

十一月×日

新潮の小説、題は『紹興』こと決定する。もう大丈夫。頭の中で出来上がる。書き出し七枚。

十一月×日

池袋旭屋でサイン会『釈迦』。男性が多いのにびっくりする。

十一月×日

講演。日本救急命学会のため。これはパリから帰って、手をけがしたので空港から駆けこんだお医者さんに頼まれて断れなかったもの。夜、半徹夜で朝五時、『紹興』を仕上げる。

三十四枚。やっぱり小説を書きあげた時の喜びにまさるものはない。来年は講演を三分の一に減らそうというと、玲子さんが、「本気ですね、そうしますよ」と怖い顔でいう。

このままだと過労死するぞと、この頃しきりに電話や手紙が来る。原稿用紙にうつ伏してばったり死ねたら本望だが、講演の途中でバタッと死ぬなんて、まっ平御免である。

十二月×日

岩波書店、読売新聞、執筆打合せ。

午後、日本救急救命学会の講演、文京シビックホールで。

十二月×日

二戸駅前で、浄法寺町観光ポスター（横尾忠則さん作）の完成パーティーで、二戸へ出かける筈が、どうしても体調悪く欠席する。困ったことに横尾さんも体調崩し、入院して欠席とのこと。申し合せたようで悪かったが、どうしようもない。二人とも今年は働きすぎだ。

十二月×日

久しぶりで珍しく五日ほど京都にいる。留守中の郵便物や、本の整理をしていたら、たちまち、日が暮れる。日が短くて、一日があっという間にすぎる。

東京と京都では、時計の針の回り方がちがっているようにしか思えない。

十二月×日

イタリアの旅の時、ローマでお逢いした源氏物語の研究家マリアテレジア・オルシさんが寂庵に見える。小柄だが、シックで美しいイタリア美人。日本に留学したこともあり、日本語はペラペラ。源氏について時を忘れて話しあう。全くプライベートな時間なので、話は恋愛観や結婚観も出て大いにはずむ。私の手許の資料、みんなさしあげることにする。

東京でもう一度逢う約束をして別れる。

十二月×日

また上京、『釈迦』のインタビュー『女性自身』。

夕方六時半から上野の国立博物館で、三枝成彰さん主催のコンサートに出る。東儀さんの独演の雅楽の演奏がある。久しぶりで逢った東儀さんは、また一段とスリムになって、顔も手も、まるでピーリングしたように白く美しい。観客はほとんど女性で、東儀さんの静かな語りや、笙や篳篥《ひちりき》の演奏にため息をついてうっとり。

その後、私の『源氏物語』の講演がある。

終って三枝さん主催の夕食パーティーがある。打ち合せていて、そこを抜けだし、パレスホテルのすし屋で、十二時まで喋る。三枝さんのほかに、奥田瑛二さんも加わり、話が盛り上がることとめどもなし。

十二月×日

柴門ふみさんと「仏像について」対談。帝国ホテルスイートルームで。柴門さんが最近仏像に魅せられて、仏像めぐりをした本が出たための対談である。同じ阿波女なので、どこか気楽で楽しい対談だった。柴門さんは漫画家として世に出たが、随筆も上手だし、文章がたつ。多芸多才の人で頼もしい。

夜、丸善で『釈迦』のサイン会。男性が多くてびっくりする。

十二月×日

オルシさんと谷崎さんの研究家の千葉教授と一緒に丸の内で会食。丸の内はすっかり変ってしまって、外国のブランドの店が立ち並び、まるでヨーロッパのどこかの町を歩いているようだ。どの店も客が入っていて、不景気などどこ吹く風、不思議な国なり。

夜、ペンクラブ主催の中国作家との懇親会。

十二月×日

NHKの「シルクロード」収録を千代田スタジオでして帰洛。

十二月×日

今年最後の写経の会、来客も多し。『一個人』のインタビューあり。

十二月×日

小島寅雄先生のお別れの会が建長寺であるのに出席。鎌倉、東京はことしの初雪に見舞われ、大荒れとなる。新横浜で『週刊ポスト』の取材陣と待ち合せ。玲子さんが、草履ではとても歩けないだろうと靴を買ってきてくれる。足袋ごと入る大きな靴にはきかえる。新横浜から鎌倉までの車中で、インタビューを受けながら行く。

故人のお人柄を慕って、大勢の参列者、みんな雪に閉口しながら集ってくる。

私も挨拶をさせてもらう。鎌倉の初雪を先生が生きてらしたら、さぞ愉しまれただろうにと思う。

大寺に雪降りしきり別れかな

十二月×日

松竹製作部の人と打ち合せ、歌舞伎座のスタッフが、「壽初春大歌舞伎」というパンフレットを持ってきてくれる。

昼の部一番に瀬戸内寂聴作『出雲の阿国』と刷りこんである。長唄囃子連中、花柳寿輔振付、中嶋八郎美術とある。

阿国は福助さん、山三は菊之助さん、まあどんなにか美しい舞台になるだろう。

昼の部他は、『矢の根』『京鹿子娘道成寺』『弁天娘女男白浪《めおのしらなみ》』という豪華版である。

何とか天台寺の元日法話をすませて東京へ入り、二日の初日を見たいものだ。
二十八、九日の稽古はどうしても見られないから。

十二月×日

名古屋の友人を見舞う。小学生の頃からの友人なので、七十年以上のつきあいだ。すっかりやせて小さくなって別人のようだった。

友だちがみんな老いて、病んで、亡くなっていくのを見るのは辛い。

十二月×日

今年はインフルエンザが猛威を振るうというので近くの医院で予防注射をしてもらった。

そのあと、安静にするのを忘れて、すぐ上京し、お酒をのんだら、がぜん発熱して、全くインフルエンザにかかったような状態になり、苦しくて仕方がない。にもかかわらず、仕事をしに来たので、あれこれ無理してこなしていたら、いよいよひどくなり、ホテルで寝こんでしまった。秘書嬢は呆れて、私を全く衛生思想も、医療知識もないと軽蔑する。

「だって、そんなこと、教えてくれなかったじゃないの」

と言えば、

「去年から言ってありますよ。まさかそんなに無知とは思わないから医者も注意しなかったんでしょうよ」

と、あくまで私が悪いとけなしつづける。いずれにしても苦しいのは私なのだから、痛む胸をかかえて、咳入る前から全身で身がまえる。それでも予防注射をした方がしないよりましだというから、まあ仕方がない。

十二月×日

また上京。聖路加国際病院内で、日野原先生と対談、ＮＨＫ大晦日の紅白歌合戦の後での放送だそうだ。そうして年が明けたら、元旦の十時半から、私の中国で録った番組が映る予定との事。日野原先生は私の病状を見ても少しも動ぜず、そのうち治りますと一言。

十二月×日

梅若六郎さんと、新作能の打ち合せ。

たしかに日野原先生のおみたての如く、今日はもうほとんど咳がないし、気分がいい。それでもまだ平常とはちがう。

十二月×日

今年最後の坐禅の会。超満員で、二箇所で坐禅をする。

今年はいよいよキナ臭くなってきた。アメリカのイラク攻撃はもう寸余の暇もないとか。困ったことだ。この危機何とか切りぬけられないか。田中耕一さん、ノーベル賞受賞式を終えてようやく帰国。ほんとに少しはほっこりと休んでもらいたいものだ。

悟り

心はうつろい易く、
捕え難く、
自分の思うようには動かないものである。

64号　今月のことば　心は幻の像に似ている

心は幻の像に似ている

インド、大乗仏典『大宝積経』迦葉品《かしょうぼん》第九十八節にある言葉である。

仏教では心は本来、清浄で善い素質を持っていると教える。つまり性善説である。しかしこの加葉品では、心をテーマとして多くのことを説いているが、必ずしも性善説だとはいっていない。この後に、

「心は風に似ている。遠くゆき、とらえられず、姿を見せない。心は川の流れに似ている。停止することなく、生じるとすぐ消えてしまう。心は稲妻に似ている。すぐ消え、ひととき止まらないから。心は虚空に似ている。知らないうちに汚れてしまっているから。心は猿に似ている。いつももの欲しげで、さまざまな業をつくるから。心は画家に似ている、さまざまな業を描きだすから。心は一定の場所に鎮まることができない。それぞれ違った迷いを引き起こすから。心はひとり歩きをする。心は王に似ている。すべての存在を統率しているから。心は怨敵に似ている。すべての苦悩を引き起こすから」

とつづく。詩のように美しいし、納得がいく。私たちはこの言葉にいちいちうなずかないではいられない。

要するに心はうつろい易く、捕え難く、なかなか自分のものでありながら、自分の思うように動かない。ままならぬ心から、さまざまな人生の哀歓が生まれるのである。

相手が怒っていたら、
気を落ち着けて静かにしていることです。

175号　今月のことば　他人が怒ったら

他人が怒ったら、気を落ちつけて、静かにしているがいい。
それが愚人を制止する道だ。

インド、原始経典『相応部経典』にあることば。

昔、神々と阿修羅が争い口論になった。阿修羅は、「他人の怒りを制止しなければ愚人はますます猛り怒るから、厳しく罰し、制止するのが賢者だ」と主張した。これに対して神々の答えた言葉がこれである。阿修羅はそれに反論する。

「堪え忍ぶことはよくない。堪え忍んでいると、愚人は自分を恐れていると思い、ますます増長するだろう」

神々は答えた。

「自分を恐れていると愚者が思うなら思わせておけばいい。無力な人はつねに堪え忍んでいる。力のある者が力のない者に耐えるのが忍耐であり、最上の忍耐なのだ」

阿修羅の言葉は暴力と刀剣にかかわり、それは不和・争いである。神々の言葉は暴力と刀剣を否定した平和を示したものである。

自分のことを反省して、本当の自分自身を知れ。たとえ学が広く、さまざまなことをよく知っていても、自分自身が本当にわかっていないなら、物を知っているとはいえない。

180号　今月のことば　己《おのれ》を顧《かえり》みて己を知れ

己を顧みて己を知れ。

たとい学文広くしていかなほど物を知りたりとも、己を知らずば、物知りたるのあらず。

鈴木正三《しょうさん》（一五七九〜一六五五）著『盲安杖《もうあんじょう》』より。

自分のことを反省して、本当の自分自身を知れ。たとえ学歴が広く、さまざまなことをよく知っていても、自分自身が本当にわかっていないなら、物を知っているとはいえない。

ソクラテスも「汝自身を知れ」と言っている。自分を解明することが哲学の根本である。他人のあらはよく見え、自分のことがまるで見えないのが私たち凡人である。

いくら学問をして知識を広めても、それは物知りではない。我執《がしゅう》をはなれた素直な心で物を見、自分を顧みる時、本当の自分が見えてくる。自己を知り、世の道理をわきまえた人こそ物知りというのである。

人の苦しみを見て慈悲の心を起こすのは、観音の願いであり、他人の危ういのを見て、自分の身の危うさも忘れて人の危険を救うのは、慈悲深い人の務めとするところである。

183号　今月のことば　苦を見て悲を起こす

苦を見て悲を起こすは観音の用心、危うきを視《み》て身を忘るるは仁人の務むる所なり。

平安、空海（弘法大師・七七四〜八五三）のことば。『続性霊集《ぞくしょうりょうしゅう》』巻第四。

人の苦しみを見て慈悲の心を起こすのは、観音の願いであり、他人の危うい のを見て、自分の身の危うさも忘れて人の危険を救うのは、慈悲深い人の務めとするところである。

「元興寺《がんごうじ》の僧中璟《ちゅうけい》が罪を赦《ゆる》されんことを請う表」の中の一文。中璟は伝がわからない。この場もどんな罪を得たのかもわからない。官女と通じたともいわれるがたしかでない。僧としての戒律を犯したのであろう。

仁人とはこの場合、天皇を指している。仁者としての天皇に嘆願しているのである。罪人をかばえば自分の身の危うくなるのも恐れず、中璟を助けようとしたのである。今の世の人は自分の身を守ることばかりに汲々としている。

正直の道とは、世間の眼のあるなしにかかわらず、表裏のある生き方をせず、懺悔と回向をして、自他のために着実な努力をしていくこと。

「一筋に正直の道を学ぶべし。正直の人には、諸天のめぐみふかく、仏陀神命《ぶっだしんめい》の加護有て、災難を除き、自然に福をまし、衆人愛敬《しゅうじんあいぎょう》、不浅《あさからず》して万事心に可叶《かなうべし》」

鈴木正三（一五七九〜一六五五）の『四民徳用《しみんとくよう》』の中の商人日用の分である。

一筋に正直の道を学ぶできである。正直な人間には、すべての天の恵みが深く仏や神の御加護を受けて、災難は除かれ、自然に福が多くなり、すべての人々が、正直なその人を敬愛することが深くなり、何事も思いのままにかなえられるだろう。

また正直の道とは、世間の眼のあるなしにかかわらず、表裏のある生き方をせず、懺悔と回向をして、自他のために着実な努力をしていくことで、良い結果が自然にもたされるといっている。政治家や、食品界の不正直のため、世間が大変な混乱におちいっている。こんな時代だからこそ正直の頭に神宿るという単純なことばが思い出される。

何のために
人は学ぶのか。

心を直さぬ学問して何の詮《せん》かある。

鎌倉、叡尊《えいそん》（一二〇一〜一二九〇）のことば。『聴聞集《ちょうもんしゅう》』より。

「心を直さない学問をしたって、いったい何の効果があるというのだろうか」という。そもそも学問とは何のためにするのか。学校では字の読み方、和の計算のしかた、外国語の勉強、各国の歴史など、勉強することが多い。それらは知識をつめこみ、受験にパスするためのようだ。いい学校へ合格し、有利な就職をするのが、その目的になっている。

知識偏重の教育のまちがった結果、今、日本では若者の無気力状態や、無節操状態が生じている。

叡尊は、心を正しくするために学問をするのだと教えている。正しい心で正しくものごとを判断出来るのが人間の知恵である。仏教では、釈尊の時代から、人間に智慧を持てと教えつづけている。

他人が見ていないからといってごまかしてはいけない。自分と天地はだませない。いつかは知られてしまう。愚鈍な者でも正直であれば、そのまま神や仏になれるのが筋というものだ。

190号　今月のことば　神や仏を祈らずとても

神や仏を祈らずとても、直《す》ぐな心が神仏《かみほとけ》。人が見ぬとていつわるまいぞ、我と天地がいつか知る。鈍《どん》な者でも正直なれば、神や仏になるがすじ。

江戸、白隠慧鶴《はくいんえかく》（一六八五〜一七六八）の『草取唄《くさとりうた》』より。

神仏を祈らなくても、正直な心がそのまま神仏である。他人が見ていないからといってごまかしてはいけない。自分と天地はだませない。いつかは知られてしまう。愚鈍な者でも正直であれば、そのまま神や仏になれるのが筋というものだ。

菅原道真に、「心だに誠の道にかないなば祈らずとても神や守らん」という歌がある。白隠はそれをさらに徹底させて、信仰は神仏に守られるためのものではなく、自分がそのまま神仏になることだといいきっている。

心は自分のものでありながら、
自分で制御することが
出来ないものである。

193号　今月のことば　心は風に似ている

心は風に似ている。遠くゆき、とらえられず、姿を見せない。
心は川の流れに似ている。停止することなく、生じるや否やすぐ滅する。
心は灯火の炎に似ている。因があり縁がそろうと、燃え上がってものを照らす。
心は稲妻に似ている。瞬時に消滅して、片時もとどまらない。
心は猿に似ている。いつもものほしげであり、さまざまな行為（業）を形づくるから。
心は画家に似ている。さまざまな行為を現出するから。

インド、大乗経典『カシュヤパーパリヴァルタ』（迦葉）第九十八節のことば。

心は自分のものでありながら、自分で思うように制御出来ない。胃や腸のように手術できたらなと思うけれど。

誰でも老いを恐れ、死を恐れる。しかし誰もがさけ難く迎える老いに安心立命を得るためには、若い時からよく人生を学び、少しでもよく生きようと努力すべきである。人生を学び、考察してこそ豊かな精神の老いを迎えることが出来るのである。

196号　今月のことば　学ぶことの少ない人は

学ぶことの少ない人は
牛のように老いる。
かれの肉は増えるが
かれの知恵は増えない。

インド、原始経典『ダンマパタ』の11章「老いること」と名づけられたなかのことばである。

この前に、老いについてのさまざまな表現が並んでいる。この容色は衰えはてた。病の巣であり、脆くも滅びる。腐食のかたまりで、やぶれてしまう。生命は死に帰着する、と。

誰でも老いを恐れ、死を恐れる。しかし誰もがさけ難く迎える老いに安心立命を得るためには、若い時からよく人生を学び、少しでもよく生きようと努力すべきである。学ぼうと努力しない者は、ただ肥った牛のようなものだ。人生を学び、考察してこそ豊かな精神の老いを迎えることが出来るのである。

金で造った仏像は炉に入れると溶けてしまう。木で彫った仏像は火に焼けてしまう。土で造った仏像は水に入れると崩れてしまう。みんなはかなくあてにならない。

金仏炉を度（渡）らず、木仏火を度らず、泥仏水を度らず。

唐、趙州従諗《じょうしゅうじゅうしん》（七八八〜八九七）の言葉。『趙州録』巻中より。

趙州は禅宗の有名な高僧である。「仏の一字、吾れ聞くを喜ばず」と言うような人であった。人は誰でも仏とはいったい何であろうかという素朴な疑問を持っているが、明快に答える人はいない。ただ、やみくもに有難がって、人の造った仏像にひれ伏し合掌して拝んでいる。しかし、人の造った仏像などは、実にはかないものである。趙州は「真の仏とは各自の心の中にある」（真仏内裏に坐す）と言った。形のある仏像はこわれるが、心の中にある仏は永遠にこわれず人の身体の中に鎮座すると教えた。

悟りという事は
どんな場合でも生きるという事。

「悟りという事は如何なる場合にも平気で死ぬる事かと思っていたのは間違いで、悟りという事は如何なる場合にも平気で生きている事であった」

正岡子規（一八六七〜一九〇二）は、明治時代の俳人・歌人。その子規の言葉である。

子規は俳諧の革命を行い、写生説を提唱した。また、『歌よみに与ふる書』を書き、歌の革新にも取り組んでいた。それらの革新的な業績は、脊椎カリエスに冒された重病の床で行われた。当時の医学では、脊椎カリエスの痛みを和らげる方法もなかった。余りの痛さ苦しさに、子規は自殺まで考える。しかし死に損なえば、もっと苦痛が増すかもしれないと思い、号泣する。子規は病苦の中から自分の闘病日記を赤裸々に書きつづけていた。この言葉はその中の一文である。

俳諧で説いた写生法を、日記の中でも実践したのである。そして自分の病苦をありのままに写生することで、病苦に打ち克つ悟りに達したのであった。

私たちは体内に死の種を持っている。
それは人間の宿命である。

２０６号　今月のことば　自分たちは果実

『自分たちは果実で、なかに種子があり、それは死だ』

ドイツの詩人リルケ（一八七五〜一九二六）のことば。

私はリルケにそんなことばがあるとは知らずに、
「わたしたち人間は、生まれたときから死という種子を体内に抱えている果実のようなもの」と、言ったり書いたりしていた。日野原重明先生は、それを読まれて、リルケのことばを教えて下さり、更に説明を加えて下さった。
「人間は何兆という細胞の集まりで、その中の白血球は四週間の命しかない。赤血球は二、三ヵ月の命である。人間全体としては今は一日、何事もなく過しているのに、身体の中では多くの細胞が死に、誕生している。私たちは死の種子を体内に持っていて、それは人間の宿命である」

口ばかり達者で実行の伴わない人間は、
何の役にもたたない。
求道の努力をしている人こそ
尊いのである。

242号　今月のことば　能く誦し

能《よ》く誦《しょう》し、能く言うこと鸚鵡《おうむ》もよく為す。言って行わずんば何ぞ猩猩《しょうじょう》に異ならん。

平安、空海（七七四〜八三五）の『秘蔵宝鑰《ひぞうほうやく》』巻中のことば。

口に出して言うだけなら鸚鵡だってよく言うことができる。ただどんないい言葉も、口に出して言うだけでなく、行って見せなければ、鸚鵡と同じこと。言ったことを実行しないならば、ただ意味もなくうろうろしている猩猩と違いはない。猩猩は、猿の一種とされる想像上のけもの。酒が好物ということになっている。酒ばかり呑んで、ここでは何もしない愚か者にたとえている。

口ばかり達者で実行の伴わない人間は、何の役にもたたない。

口より、求道の努力をしている人こそ尊いのだということ。実行が、つまり修行が人間を造るし、人の役に立つ人物が生れる。

空しく老いぼれた人に
ならないために。

247号　今月のことば　頭髪が白くなったから

頭髪が白くなったからとて「長老」なのではない。ただ年をとっただけならば「空しく老いぼれた人」と言われる。

インド原始教典『ダンマパダ』十九章二百六十。

『ダンマパダ』はパーリ語で書かれた仏典の最も有名なものといわれています。ダンマは法、パダはことばという意味で、四二三の詩句で成り立っています。中村元師はブッダの「真理のことば」と訳し、岩波文庫に収められています。『法句経《ほっくきょう》』として漢訳で親しまれてきました。

世界各国で読まれています。特に南アジアの諸国で貴ばれ愛誦されてきました。原初のお釈迦さまのことばをそのまま聞くような易しく明快なことばで話しかけられています。ここにあげた言葉も何の説明もいらないでしょう。未曽有の長寿社会になっていく日本に生きる私たちは、「空しく老いぼれた人」になって子孫や周りに迷惑をかけないようにしたいものです。

今、勢いがあるからと、
それに頼ってはいけない。
強力な者ほどはやく滅びるものである。

260号　今月のことば　勢ひありとて

勢ひありとて頼むべからず。こはき者まづほろぶ。

兼好法師（一二八三～一三五〇）『徒然草』より

権勢があるからといって、それを頼りにしてはならない。強力な者ほどはやく滅びるものだ。『平家物語』にも「たけき者もつひには滅びぬ」ということばがある。盛者必滅のことを言っている。『淮南子《えなんじ》』にも「兵強きときは則ち滅ぶ」とある。

乱世に生きた兼好は身辺にそうした多くの実例を目にして、いよいよこの考えを固めたと思われる。世界的不況でも、勢いよく全盛を誇っていた大企業から、どんどん減収している。

誰かに面と向かって暴言を吐かれたりすることがあっても、どうせ短いこの世のひとときの災難と思い、泰然自若としていればいい。馬鹿を相手にすれば、自分も馬鹿と同列になってしまう。

打つ人も　打たれる人も　もろともに　ただひとときの　夢のたわむれ

叩く人も、叩かれる人も、つまり加害者も被害者も、どちらも、ただこの世という限られた生の時間の中におきた、一瞬の短い夢に見た遊びと考えればよい。

夢窓疎石（一二七五〜一三五一）歌集より。

人間は誰からも好かれ、一人もそしる者のない人間なんて、この世には居るはずがない。ほめられてばかり、けなされてばかりという人間もいない。誰かに悪口をかげでいわれたり、面と向かってののしられたりすることがあっても、どうせ短いこの世のひとときの災難さと思い、泰然自若とせよという教えである。

馬鹿を相手にすれば、自分も馬鹿と同列になってしまう。

子どもには、目で見させ、
説明してよく聞かせ、
真似をさせて、
うまくできたと褒めてやらねばならない。

269号　今月のことば　目で見せて

目で見せて、耳で聞かせて、してみせて、ほめてやらねば人はできぬよ。

金沢の大乗寺の住職であった清水浩龍(一八八〇〜一九六五)のことばである。

今時の子供は何を考えているかわからない。いきなり無差別に人を殺した上、なぜそういうことをしたかと取調べられると、

「むかついていたので、誰でもいいから人を殺したかった」

など言う。かと思えば、養ってくれた実母を殺したり、働きつづけて自分を育ててくれた父を殺したりする。

大学までやっているのに何という無分別かと怒っても始まらない。いくら学校に通わせても、先生の教えが何にも身にも心にもついていないからである。本当の教育とは、先生が、ひとつずつ、よく手本になってしてみせて、目で見させ説明してよくなぜそうするかと聞かせ、その真似をさせて、うまくできたとほめてやらなければならないというのである。教育の実践を教えている。

薬は病いを治す力を持つが、薬害も備えて、それによって人は死ぬこともある。すべて万物は相反する性質を持っていることをしっかり認識して万物の本質を知っておくべきだ。

水はよく舟をうかべ、また舟をくつがえす。
薬よく病を療し、また身命を害す。
万般ことごとくしかなり。

江戸、慈雲（飲光《おんこう》 一七一六〜一八〇四）「人となる道」より。

慈雲の代表的な著書として『十善法語』がある。仏教の十善戒について平明に説いたもので、広法語とも呼ばれる。その他に略法語があり、それが「人となる道」である。人間性を完成させる道として十善戒があり、それを守ることが「人となる道」だと慈雲は説明している。水は舟を浮べて人に便利を与える一方、舟をひっくり返して人を水に沈めもする。薬は人の病いを治す力を持つが、薬害も備えて、それによって人は死ぬこともある。すべて万物は相反する性質を持っていることをしっかり認識して万物の本質を知っておくべきだという説意。

いくらかくしても、
「天知る、地知る、我知る」で、
いつかは化の皮ははがれるのである。
嘘はついてはいけない。

かくし事をする人を卑しい人と知れ。

インド、原始経典『スッタニパータ』127。

このことばの前に、「悪いことをしていながら、誰も私のしていることを知らないようにと望み」という句がついている。

ここでいうかくし事とは、意味の通じないあいまいなことばを喋ったり、嘘をつくことだと注釈している。

政府がアメリカと密約を交していたことがわかって、連日、ニュースにとりあげられたことがある。つまり、政府は長い間、国民をあざむいていたことになる。その時、そんな密約を交すことが、国のため、国民のためになると、政治家は思ってしたことだろう。しかし、あくまでかくし事は嘘をついたことになる。

いくらかくしても、「天知る、地知る、我知る」で、いつかは化の皮ははがれるのである。

心に誇りを持ちなさい。心に誇りを持てば、自分がいかに大切かと思えば、他人の命の存在も大切で、他人をいじめたりはできないのです。

２９７号　今月のことば　心に誇りを持ちなさい

心に誇りを持つということは、自分の生まれた町を誇りに思う。

自分を生み育ててくれた両親を誇りに思う。

そして、自分自身を誇りに思う。

そうしないと、自分の国に誇りを持てません。

心に誇りを持てば、自分がいかに大切かと思えば、他人の命の存在も大切で、他人をいじめたりはできないのです。

大人でも子どもでも、心に誇りを持たない人が悪いことをするのです。

＊　本書の「くすりになることば」「寂聴ダイアリー２００２」は、
新聞「寂庵だより」のアーカイブに、著者が加筆修正を加えたものです。

カバーイラスト　亀田伊都子
撮影　篠山紀信
ブックデザイン　鈴木成一デザイン室
ＤＴＰ　山本秀一・山本深雪（Ｇ－ｃｌｅｆ）
くすりになることば 構成　杉岡 中
対談 構成　堀 香織

瀬戸内寂聴（せとうち じゃくちょう）

1922年徳島県生まれ。東京女子大を卒業
1957年「女子大生・曲愛玲」で新潮同人雑誌賞
1961年『田村俊子』で田村俊子賞
1963年『夏の終り』で女流文学賞を受賞
1973年に平泉中尊寺で得度、法名 寂聴となる
1992年『花に問え』で谷崎潤一郎賞
1996年『白道』で芸術選奨文部大臣賞
1998年『源氏物語』現代語訳を完訳
2001年『場所』で野間文芸賞
2006年文化勲章受章
2011年『風景』で泉鏡花文学賞
近著に『愛することば あなたへ』（光文社）
『いのち』（講談社）
『寂聴 九十七歳の遺言』（朝日新書）など

寂庵《じゃくあん》コレクション Vol.1

くすりになることば

2019年12月30日 初版第1刷発行

著者 瀬戸内寂聴《せとうちじゃくちょう》

発行者 田邉浩司

発行所 株式会社 光文社

〒112-8011 東京都文京区音羽1-16-6

電話 編集部 03-5395-8172

書籍販売部 03-5395-8116

業務部 03-5395-8125

メール non@kobunsha.com

落丁本・乱丁本は業務部へご連絡くだされば、お取り替えいたします。

組版 堀内印刷

印刷所 堀内印刷

製本所 ナショナル製本

ISBN978-4-334-95132-0